LA FILA INDIA

ANTONIO ORTUÑO

LA FILA INDIA

OCEANO HOTEL DE LAS LETRAS

Editor de la colección: Martín Solares
Diseño de portada: Éramos Tantos

LA FILA INDIA

© 2013, Antonio Ortuño

Este libro es publicado según acuerdo con Michael Gaeb Literary Agency.

D. R. © Editorial Océano de México, S.A. de C.V.
Blvd. Manuel Ávila Camacho 76, piso 10
Col. Lomas de Chapultepec
Miguel Hidalgo, C.P. 11000, México, D.F.
Tel. (55) 9178 5100 • info@oceano.com.mx

Primera reimpresión: septiembre, 2013

ISBN: 978-607-735-034-7
Depósito legal: B-20360-LVI

Hecho en México / Impreso en España
Made in Mexico / Printed in Spain

9003680010913

Para Olivia
Para Natalia, Julia y Elisa
A la memoria de Sergio Arredondo
A la memoria de Daniel Sada

They carried pictures of their wives
And numbered tags to prove their lives
They walked in line
They walked in line
They walked in line

JOY DIVISION

Todo esto no es más que teatro. Simples ta-
blas y luna de cartón.
Pero los mataderos que se encuentran de-
trás son reales.

BERTOLT BRECHT

La Negra

—¿Su viaje es de placer?

—No.

U NA MANO SALIÓ DE LA SOMBRA.

Abierta, lastimosa.

Gloria, se llamaba la trabajadora social. Se acomodó los lentes sobre la nariz y logró distinguir, a la perpleja luz de la farola que alumbraba el quicio del portón, la limpieza de los dedos del hombre agazapado en la oscuridad.

Abrió el bolso, feo, plástico, que le dieron en un cumpleaños, y se dispuso a apaciguar al pordiosero con una moneda.

Los demás funcionarios que atendían el refugio para migrantes le hubieran ofrecido una cama, agua, alimento, algo de ropa recosida. Pero sabía Gloria que a la medianoche, cuando el hambre y la sed se dan por insolubles, un hombre no quiere paliar más apetitos que los de la carne o los que provocan los hábitos del vino, la yerba, el pegamento. Lo había visto con púberes casposos lo mismo que con abuelos.

Ella siempre ayudaba. Le extendió una moneda y sonrió con fatiga. El tipo no olía a calle, hambre o medicinas sino a jabón y agua corriente.

La mujer retrocedió.

Una mano blanca engulló la moneda. Otra salió de la oscuridad, una inesperada zurda engalanada con un revólver. De la sombra emergió un rostro.

Una sonrisa en una cara infantil.

La mujer dio otro paso atrás y se cubrió con el bolso.

El primer disparo la hizo caer.

El segundo, el tercero y el cuarto, el quinto y el sexto resultaron del todo superfluos.

La policía no era bien vista por los vecinos de Santa Rita. Si alguien se hubiera tomado la molestia de compilar un listado de quejas contra los agentes de la zona, no habrían quedado fuera de él en ningún caso: extorsiones (a comerciantes y prostitutas), violaciones (a prostitutas y, ocasionalmente, a cualquiera que fuera por la calle), golpizas (a los vagabundos que acampaban cerca de la estación de trenes y, de nuevo, a las prostitutas) y robo simple (los policías solían beberse las cocacolas y marcharse de las tiendas de abarrotes sin ofrecerse a pagar el consumo).

Una pequeña multitud de migrantes albergados allí, centroamericanos todos, se había reunido en torno a la ambulancia que se llevaba el cuerpo de Gloria. La buena de Gloria. La que siempre ayudaba. Algunas mujeres, cubiertas por cobijas, lloraban; tres o cuatro hombres escupían, murmuraban obscenidades. Nadie se acercó a dar su versión a la policía, nadie hizo otra cosa que echarse atrás y negar con la cabeza cuando los agentes preguntaban si habían escuchado, visto, olido lo que fuera.

A la vuelta de la esquina, en las oficinas de la Comisión Nacional de Migración –Delegación Santa Rita–, las luces se encendieron. Unos chiquillos habían llevado la noticia de que Gloria estaba muerta. El velador, desencajado, abrió la puerta ante los golpes de la autoridad. No lloraba: bostezaba abriendo unas fauces inmensas de triceratopo. Atinó a preparar una jarra de café que los policías se bebieron.

El velador declaró que no había escuchado, faltaba más, un carajo. Uno de los agentes debió repetir tres veces la pregunta. El otro entró a la oficina y apagó la radio que había bramado todo el tiempo, con obstinación, una tonada circular: *Si tú quieres bailar, sopa de caracol, si tú quieres bailar, sopa de caracol, si tú quieres bailar.*

Se publicó un boletín condenatorio, pero nadie descubrió al culpable ni, por tanto, se castigó el primero de los asesinatos del Morro.

Quién castigaría una simple muerte en medio de una masacre.

CACERÍA

S E DEDICAN A CAZAR MOSCAS. RODEAN LA PUERTA de la construcción, un cubo de piedra lisa. Ventanas cuajadas de carteles con mensajes gubernamentales pasados de fecha, desteñidos. Sombras, aspavientos, carreras, gritos, una risotada. Cazan. La alegría del perseguidor. Adentro, la penumbra.

Silencio. Madrugada. Alborada que se vuelve explosiones. Fuego. Rota está.

Algunos de los atacantes tomaron café antes de comenzar, mientras los reunían en una casa de las afueras. Guantes, gorro, aire helado. Tan fría como consigue ponerse una ciudad donde la temperatura nunca baja de quince grados. Chamarras de cuadros, hermanas de las mantas con que los veladores se cobijan. Vasos de plástico, café soluble insípido. Lenguas torrificadas por el agua hirviente. Dos camionetas, pocas armas. Eso sí: botellas de gasolina recubiertas con trapos y mecates a modo de mecha. Mechas, ni madre que mechas, se dicen unos a otros. Y ríen. Porque de eso se trata cazar. ¿O no?

En el vientre de la construcción, en compartimentos, pasillos, salones y oficinas, los aguardan las presas (no saben que los cazadores vienen ya) en catres y bolsas de dormir. Ancianas, hombres de mostacho, mujeres, sus hijos: presas.

Morenos todos. Duermen. No hay modo de saber si sueñan. Les dieron una cena de frijoles, tortillas, café negro; la leche ordeñada a cinco cartones debió repartirse entre veinte niños enclenques. Ahora reposan, digieren. Alguno ronca, otro se pedorrea (las tripas llenas de comida exhalan, claro, el aire que estuvo allí por días y días). Dos de ellos conversan. Pocas frases, voz baja.

Van a cazarlos.

Las camionetas no son cautelosas. Resuenan. Un locutor de radio, el estrépito de su voz. *Saludos, saludos, de Melina para Higinia. De Paco para Hugo. Y para Rafael, de parte de los chavos de la setenta, ya no seas tan puto, por favor.*

Otra risotada. Alegría.

A mitad de camino, paran las camionetas frente a un salón. Umbral decorado, esferas, nochebuenas, el feo logotipo de la Comisión Nacional de Migración –Delegación Santa Rita–. Un festín de ninfas y centauros. De burócratas, en este caso. La tradicional, la inevitable posada anual.

La medianoche ha pasado, nacerá el día. Aún queda medio centenar de almas allí: bailan, beben. Las mujeres, diez o doce, sacos echados sobre los hombros pero los escotes bajados, las tetas a medio asomar. Los hombres han bebido tanto que no serán capaces de llegar lejos con ellas.

El menos ebrio de los festejantes los aguardaba. Sale al encuentro de las camionetas. Risas, griterío.

—Acá están pedos, allá no queda nadie –dice al chofer cubierto hasta las orejas por una chamarra de gamuza que no evita que se le adivine el rostro de jovencito–. Nos trajimos hasta al velador.

Miran por la ventana al mencionado: baila, toma una mujer por la cadera.

—¿Rifaron las teles? –murmura el chofer, mirada al frente, nariz afilada. El funcionario asiente; contiene un eructo con la mano.

—Ya, hace rato. Se volvió loca, la pinche gente.

—Pos bien. Tú sabes, tú eres el mero *boss*.

—Sale, Morro. Acá todo va. Llégale.

Marchan las camionetas; el funcionario permanece en la calle, fuma, mueve la cabeza al compás de la música.

Sabe. Él sí que sabe. Y no tiembla. Quizá piensa en las mujeres, sus tetas a medio asomar. O quizá piensa en el fuego.

¿A poco no?

Las presas duermen. Las camionetas transitan frente a la patrulla del área. La mirada del chofer se cruza con la del uniformado que la tripula. Baja los ojos, el oficial. Apaga su vehículo. Experimenta un picor incontenible en el ano. Su pierna derecha golpea el suelo, se mueve sola, como si fuera a escaparse sin esperar a la compañera, la cadera o los pies. Lo ilumina una luz. El oficial abraza el volante, inmóvil. Total sumisión. Cierra los ojos y aprieta el culo. Podrían sodomizarlo, los pasajeros de las camionetas, si tuvieran ganas de hacerlo. Se van.

No: no los esperan.

Ha despertado uno de los hombres morenos, tendido en una colchoneta que cruje, polvosa como el piso sobre el que se asienta. Parpadea, recapitula. Respira. Al menos él no tiene niños, se consuela. Le duelen los pies. Bajaron del tren y escaparon. Caminaron dos días, cruzaron la montaña. Sin agua.

Iniciaron el viaje tres noches antes, los zambutieron en un vagón sellado donde costaba respirar. Escuchaban los resoplidos de los empleados del ferrocarril, el zapateo de otros polizones encaramados en el techo. Permanecieron callados. Los niños lloraban; sus padres se afanaban por callarlos. Respiraban poco, se ha dicho, y mal. Casi mudos viajaban. Alguien decía Puta madre, cada cierto tiempo. Puta madre, cerotes que son, nos jodieron. En una recarga de agua para los botes de plástico que les entregaban, cada tantas horas, los tipos que los pastoreaban olvidaron cerrar la puerta. A partir de allí dispusieron de aire, deslizaron la lámina oxidada, consiguieron asomar a la noche.

No tuvieron que cruzar palabra para decidirse a escapar cuando el vagón volvió a detenerse. Llevaban un día entero en México y tenían miedo. El tren paró lejos de la estación. Bajaron, observados por los polizones del techo con envidia y espanto. Los miraron –cuervos– alejarse, internarse en el cerro. Alguno de ellos habrá dado aviso. ¿O alguien de entre ellos mismos? De todos modos, brillaban. Un grupo grande y llamativo que venía de lejos.

Los tipos les habían cobrado en dólares que ellos mismos les vendieron, tomaron sus monedas por un precio risible. Pocos lograron conservar dinero para el viaje. Algunos quedaron en deuda. A él, que ahora mira por la ventana y suspira, le exigieron a la mujer el segundo día. Se la llevaron a un cuarto aparte, se la cogieron. Era eso o que los bajaran a tiros. No volvieron a abrir la boca. Ni él ni la esposa.

Llegaron a la ciudad tras una marcha de muchas horas. No tuvieron fuerzas para dispersarse y buscar cada uno su suerte. Juntos, lentos, hallaron el hospital. Los niños estaban deshidratados. No los quisieron atender. Llamaron a Migración –Delegación Santa Rita, a quién más–. Los echaron a la calle y, mirados de reojo por los paseantes, escupidos por las familias de los pacientes y por los médicos, mascando trozos de pan y bebiendo a sorbos el agua que unos pocos les arrimaban, esperaron. Vino un tipo de Migración al cabo de las horas. Los miraba como otros miran las vacas, las plantas. Los contó. Llamó por teléfono a la superioridad.

—Ahorita van directos al albergue, mientras el Delegado decide qué. Los que quieran, pueden regresarse mañana o pasado en el tren.

Ninguno quiso volver. Pasaron algunas noches bajo techo, apretujados pero con alimento y agua. El Delegado estaba fuera de la ciudad. Una trabajadora social los entrevistaba, tomaba notas. Le buscaban la mirada: ella rehuía. Nadie quería volver a ser Gloria, la buena de Gloria. El velador llevó un costal de mandarinas para los niños.

Pero ahora iban a visitarlos.

Y a concederles lo que, dado el caso, les correspondía: ser completamente aplastados.

Una matanza.

De animalitos. No: de moscas.

Era el tercer día que pasaban allí. Los tipos del albergue anunciaron que saldrían temprano. La posada anual, dijeron. Bailarían, beberían. Les habían donado unos televisores y los números para la rifa estaban agotados. Se les informó que el Delegado no volvería hasta después de Año Nuevo y tendrían que esperarlo para que les diera los pases de regreso o los dejara irse. Ni libres, pues, ni presos. Al salir, los del albergue cerraron la puerta con llave. Las ventanas, enrejadas, cuajadas de carteles que tapaban la vista. "Amigo migrante", decían todos. "Aquí tienes derechos." "Amigo."

Música lejana.

Los viajeros se quedaron solos.

Casi todos dormían, sí, cuando comenzó.

La primera botella entró por una ventila alta, sin protección. Aterrizó en el jergón de una anciana. La manta se prendió. Lo primero que escucharon algunos no fue el estruendo del vidrio sino los gritos. Ni siquiera llegó a incorporarse, la mujer. Las llamas le tragaron la pierna. Cayeron más bombas incendiarias, por cada ventila cuatro o cinco. Disparos, además. Un hombre que se había encaramado a la ventana cayó, la frente perforada. Algunos corrieron a la puerta y forcejearon con la cerradura. No lo sabían, pero habían tomado la precaución de reforzar la jaladera con una cadena. Ninguno debía salir.

Las llamas se extendieron, saltaron de mantas a colchas y de las montañas de papeles a la ropa y la piel. Humo, llanto, chillidos de socorro. Había un teléfono, sí, pero nadie sabía qué números marcar. El hombre, moreno como todos, miró a su esposa como implorándole algo quimérico. Ella tomó el teléfono, pulsó teclas al azar. Sin resultado. Parte del techo cayó con estrépito sobre su marido. Una mano torcida fue todo lo que la mujer alcanzó a mirarle. Quiso correr hacia él, pero un estallido la arrojó lejos.

Cuando el fuego hizo volar las ventanas, los visitantes subieron a las camionetas y, con cierta prudencia, se marcharon.

La voz del locutor de radio, alejándose.

Para nuestros amigos en el barrio de la Pastora y en toda Santa Rita esta canción que dedican también para Josefina, de parte de Ernesto, que dice que no lo trates así y para Carlos, de Paola, que nos cuenta que no la quieren por gordita, hágame usted el favor, ¡si la carne es lo que le andas buscando, pelao! ¡Ni que te fuera a estorbar, Carlitos! Vámonos pues con la banda Estrella y esta canción que se llama "Llorarás y llorarás". Las cuatro y cinco de la mañana. ¡Vámonos!

La versión oficial

RATIFICA CONAMI COMPROMISO CON LA DEFENSA DE
MIGRANTES Y VOLUNTAD DE COLABORAR EN INDAGATORIA

La Comisión Nacional de Migración (Conami) Delegación
Santa Rita expresa su más enérgico repudio a la agresión en
contra de migrantes originarios de diversos países centroamericanos, hospedados en el albergue "Batalla de la Angostura", dependiente de la Conami, en la ciudad de Santa Rita,
Sta. Rita, por sujetos desconocidos, verificada la madrugada
del 22 de diciembre próximo pasado, con saldo de cuarenta
fenecidos y decenas de lesionados más.

Asimismo, ratifica su compromiso inalterable de proteger
y salvaguardar los derechos humanos de toda persona, especialmente las familias que transiten por territorio mexicano, al margen de su condición migratoria, y su voluntad de
colaborar con las autoridades policiales y judiciales pertinentes en las indagatorias de lo acontecido.

Ante los reportes de prensa que señalan que el personal
de la Conami adscrito al albergue "Batalla de la Angostura"
no se encontraba presente al momento de los hechos debido
a la realización de un festejo navideño o Posada Anual, esta
Comisión señala que desconoce terminantemente dichos

eventos, en los cuales, bajo ningún concepto, se emplearon fondos públicos relativos al presupuesto radicado a esta Entidad. Por el mismo motivo, la Conami desmiente haber erogado recursos presupuestales en la compra de los televisores que habrían, presuntamente, sido sorteados entre los asistentes a dicho evento.

Personal especializado será enviado en las próximas horas hacia Santa Rita para atender oportunamente las necesidades de los sobrevivientes, así como las de los deudos que respondan por ellos. Es necesario destacar que, en caso de considerarse necesario, se establecerán contactos con las embajadas y consulados correspondientes para apoyar con recursos económicos y gastos viáticos los traslados de dichos familiares desde sus lugares de origen en América Central.

Finalmente, se pondrá en marcha un programa de apoyo para cubrir los gastos hospitalarios, terapéuticos y funerarios generados por estos lamentables acontecimientos.

Santa Rita, Sta. Rita, a 23 de diciembre
Dirección de Prensa, Difusión y Vinculación
Comisión Nacional de Migración

Oración fúnebre

E L FUEGO. SUS EFECTOS SOBRE EL CUERPO. LA PIEL, como una tela, se aparta de la carne, desnudándo- la. Los ojos saltan de sus cuencas, uñas y cabello se vuelven ceniza. La lengua pende fuera de la boca como un ahorcado o, en cambio, si los dientes se apretaron por mie- do, retrocede al fondo de la garganta y se agazapa.

Pero incluso si no alcanza a estrecharnos en sus llamas, el fuego nos destruirá: ante su vecindad se pierden por eva- poración los líquidos esenciales, la temperatura corporal asciende y los nervios estallan, el pulso sube de tal modo que el músculo cardiaco se desgarra y los pulmones colap- san ante la retirada de la sangre. Un fuego doméstico, un incendio casero, puede superar en minutos los seiscientos grados. Imposible resistir: la ciencia establece que el cuer- po, el pobre cuerpo, soportará sólo unos pocos segundos respirar un aire calentado a ciento cincuenta.

De seiscientos ni hablar.

Pero el primer golpe lo da el humo. Ante su dominio saltan las alarmas de la mente y, aterrado, el cuerpo busca una salida. Si no la encuentra, y a medida que la concen- tración de oxígeno baja del veintiuno por ciento apropiado al diecisiete o catorce, los movimientos y la concentración desaparecen y el cuerpo no hace sino dar tumbos e iniciar su arrastre hacia la muerte. Cuando no haya sino seis por ciento de oxígeno en la atmósfera, se perderá la conciencia. Pero antes, debido a la inhalación de vapores tóxicos, ya se habrán sufrido edema pulmonar y daños en faringe, laringe, tráquea y bronquios que, incluso si llegamos a ser rescatados con vida, podrán ocasionarnos infecciones o fibrosis y eliminarnos (la familia, que se encontraba aliviada a medias, no entenderá cómo es que terminamos así: *Pero si estaba ya en el hospital, pero es que estaba a salvo*).

Larga mano, la del fuego. Porque cómo perdura incluso si se le sobrevive: las deformaciones en la piel, en especial las del rostro, serán su recordatorio definitivo; la pérdida de algún miembro, la botadura de un ojo, la imposibilidad de deglutir, de respirar sin que el aire nos arañe como una rata, las pesadillas, los ensueños en que el fuego regresa a buscar lo suyo, lo que logramos arrebatar a su imperio: todos son motivos para que la vida posterior a nuestras bodas con él sea sólo sombra y parodia.

Si visitan un hospital de quemados, descubrirán la carne en su expresión más frágil y baja: magullada, lacerada, incapaz de animar el menor deseo o servir para más cosa que asestar dolencias.

Triste mirada, la de los quemados: bestias arruinadas, crispadas, infamadas por siempre.

Cuando un incendio es accidental se puede creer en un designio, un hado, destino o divina voluntad involucrada. Habrá quien sospeche al quemado de acarrear pecados propios o ajenos que debían purgarse, habrá quien considere al fuego vehículo de una energía celeste, lección extrema de humildad y resignación. ¿O acaso no fue Él quien se presentó ante Job como un torbellino y supo así él que el fuego devoraría hasta su sepulcro y desarraigaría su hacienda? Y ante Job llegó un criado diciendo: "Fuego de Dios cayó del cielo, quemó las ovejas y los criados y los consumió; solamente escapé yo para traerte las nuevas".

Porque del fuego puede decirse, como de Aquel que lo provee: *de su boca salen hachas, centellas proceden. De sus narices sale humo, como olla o caldero que hierve. Su aliento enciende los carbones y de su boca sale llama. En su cerviz mora la fortaleza y espárcese el desaliento delante. Su corazón es firme como una piedra y fuerte como la muela de abajo. De su grandeza tienen temor los fuertes y a causa de su desfallecimiento hacen por purificarse. Cuando a alguno lo alcanzare, ni espada ni lanza ni dardo ni coselete durará.*

A los incendiarios, por tanto, a quienes usurpan para sí los poderes del fuego sobre el cuerpo, se les ha reservado el castigo de la hoguera.

Un email

Lic. Vidal Aguirre Glendale

Encargado del Departamento de Prensa,
Difusión y Vinculación
Santa Rita, Sta. Rita.
Conami Delegación Santa Rita
PRESENTE
(Este documento está reservado bajo la Ley Federal de Información Pública. Sólo podrá ser leído por su destinatario).

Mi estimado Vidal:

Anteponiendo un cordial saludo y en espera de que te encuentres bien, te comento:

1. ¿Qué te pareció nuestro boletín? Acá lo vimos serio y más que oportuno. La prensa lo citó. Gracias por tu ayuda para elaborarlo. Eres el maestro en este negocio.
2. Recibimos las fotografías que te fueron solicitadas y remitimos las menos deprimentes al diseñador encargado de darle formato a los subsecuentes boletines. Gracias por el envío.

3. Impide, por favor, que otras imágenes circulen. Habla con los medios. Los amarillistas están subiendo fotos repulsivas. El Comisionado Presidente no quiere saber nada de niños quemados. Van a enviar un equipo de peritos y una o dos trabajadoras sociales para tratar con los deudos. Prepara un boletín sobre eso, que vaya más o menos por el lado de "Migración reitera compromiso con indagaciones y apoya justicia y atención para víctimas". No hay necesidad de que lo presentes previamente a revisión. Tienes luz verde.

4. Hay que seguir refutando, si te parece, el dato de que el personal de la Comisión se retiró temprano para asistir a la posada institucional. Imagínate unas notas que hablen de música, barra libre y rifas de televisores.

Sin más que agregar y en espera de tu amable atención a lo expuesto, quedo atentísima tuya.

Lic. Ana Laura Möller de Álvarez
Titular del Departamento de Prensa,
Difusión y Vinculación
Consejo Nacional de Migración

La Negra

E L VIAJE EN AVIÓN NO LO RECUERDO. PIEDRAS SOBRE la cabeza. Dormimos, la niña y yo, hasta aterrizar. Luego vinieron cinco horas de autobús, a las que habría que sumar las que permanecimos en el comedero de una gasolinera, proveyéndonos de frijoles, cocacola (ella), cigarros (yo), mirando amanecer. Llegamos a la terminal ateridas, hartas, con el sol alto. El autobús se detuvo en un lodazal bardeado que no parecía estación. Los otros pasajeros tomaron bultos y cajas y se largaron. Nadie nos esperaba. Mi estómago ardía con la paciencia de una sopa.

Santa Rita me pareció una ciudad a la que le hubieran retirado las señas de identidad indispensables del mapa: carecía de glorietas, palacios, universidades, parques industriales, bulevares, fraccionamientos y *malls*; de todo, salvo de zócalo adoquinado, con kiosco, arbustos y banquitas, y, alrededor de él, veinte calles de buenas casas de adobe y doscientas y pico más de zanjas, y tejados de lámina, pobladas por lugareños mugrosos.

El único taxista visible, un hombre demasiado gordo para su estatura, leía una revistucha. No levantó la mirada cuando eché las maletas a sus pies y le indiqué a la niña, con un gesto, que subiera al asiento trasero. "Achicharrados", escupía el encabezado de la publicación. Y debajo una foto de cuerpos negros, torcidos como raíces.

La única indicación con que contaba para dar con nuestro alojamiento resultó, por fortuna, reconocible para el conductor. El edificio blanco frente a los billares. Era domingo y sólo se veían unos pocos niños, aquí y allá, mojones en la nada. Sucios. Jugaban. Nos deteníamos, sin embargo, en cada esquina, como si alguien pudiera aparecer a gran velocidad e incrustársenos. Todo para que el taxímetro marcara cinco pesos más.

—¿Viene del gobierno? –adivinó el taxista–. Allá los mandan, al edificio de los búngalos.

No asentí.

—Por los quemados, ¿no? –persistió.

La niña me miraba. No hablamos sobre los motivos del viaje. Sólo le dije que no podríamos hacer el tour a Disneylandia que su padre nos había pagado porque yo debía trabajar. A la mierda el mes que costó sacarnos los pasaportes y el dineral de las visas, las mañanas perdidas en fotos, huellas, entrevistas en la embajada gringa. La abracé. Era liviana, podía rodearla con facilidad.

El edificio resultó una federación de búngalos con aspecto de fuerte militar, blanca de origen, gris por la humedad, reforzada con ventanales de hierro. Nadie abrió el portón de madera ni reaccionó cuando pulsé un timbre mudo. El taxista me miraba con un sarcasmo que me encrespó. Volví a golpear el portón, dos, cuatro veces. Una anciana se apresuraba calle abajo. Extendió los brazos hacia mí.

—¡Discúlpeme, Licenciada!

Era la portera. Apenas podía con la maleta que tomó de la cajuela del taxi, pero se afanó en acarrearla hasta un primer patio, en el que, sudorosa, la dejó caer. Se lanzó por la otra con la presteza de un perro. Tuvimos que hacer tres viajes. En el último, me llevé en brazos a la niña, que había vuelto a dormirse. La mujer, dando brinquitos, me condujo a lo largo de un pasillo y otro, a través de patios y escalinatas, hasta dar con una puerta ya entreabierta.

—El quince es para usted. Discúlpeme. Se me fue de la cabeza que llegaba.

El búngalo que nos correspondía era pequeño, repintado, con mosaicos azules en forma de triángulo en las esquinas y bajo las ventanas. Los muebles parecían sencillos y sólidos. La limpieza aparente me satisfizo. Dejé a la niña tendida en un sofá, le di un beso en la frente y regresé por las maletas. Mi estómago protestaba con rápidos alfilerazos, rasguños de metal que ascendían del vientre a la boca. La portera sonreía. Le faltaba un diente frontal y más de una muela.

—¿Vino por el asunto de los quemados?

La mandé a la tienda con una lista de víveres que había compilado en el autobús. Letra insegura pero legible. Lo necesario para comer un par de días, mientras nos acomodábamos.

Pero no íbamos a hacerlo.

Nunca nos hemos acomodado.

Luego de comer, dejé que la niña llamara a su padre por teléfono. Bufaba aún, lo oía a la distancia, por el viaje perdido, el dinero empeñado en nada. Recorrí los cinco canales de televisión que se captaban. En ninguno se hablaba de la cuestión, pero era domingo y escaseaban los noticieros. Que la muerte espere al lunes para contonearse. O quizá el tiempo transcurrido, una semana, era suficiente para olvidar. Siempre hay otros asuntos que, a codazos, se cuelan a la luz.

Desperté vestida, en la misma posición en que me adormecí. El tazón medio vacío testificaba a favor de la teoría de que la niña había conseguido hacerse de cenar por propia mano. Sentí el habitual mordisco de culpa en el estómago. Lo que hiciera por ella parecía, siempre, poco; lo que dejara de hacer se agigantaba. En los noticieros de la madrugada tampoco hablaban de los quemados. La niña dormía. La miré por diez segundos, tuve el impulso de besarla de nuevo. Cerré la puerta de la recámara. En silencio relativo, comencé a desempacar. Recorrí las estancias del apartamento, abrí cajones, miré bajo los muebles.

A través de la ventana, guarecida tras la cortina, podía contemplar el apartamento vecino. A la luz incierta de un monitor, miré a un tipo que me resultó chocante por guapo: pálido, corpulento, en calzones y sin camisa, aplastado en una silla. Junto a la mano, una taza humeante. Debía ser café aquello. Una punzada de envidia en el paladar. Pero mi estómago no toleraría revulsivos antes del desayuno. Él, de improviso, se cubrió la cara con las manos, por cansancio o desdicha. Preferí retirarme de la ventana.

Eran las cuatro y media de la mañana. A las ocho dejaría a la niña en la escuela. Llevaba una carta de la Jefatura de Vinculación Institucional para la directora, que explicaba la situación y la invitaba a cooperar. Diez minutos después estaría presentándome en la oficina. A las dos debería cruzar la calle para buscar a la nena de vuelta y conducirla al apartamento. La portera se encargaría de alimentarla. La sobornaría con un par de billetes para asegurarme de que la sentara a hacer la tarea y no le permitiera abandonar el edificio por ningún motivo. El día no volvería a ser respirable sino a las cinco, cuando quedara liberada y volviera con mi hija.

El baño estaba equipado con una tina de profundidad y dimensiones sorprendentes. Me hundí en el agua humeante hasta dejar fuera sólo nariz y ojos y me concentré en el futuro próximo, las cinco y media de la tarde. Las cinco y media: los pies sin zapatos, la charla banal sobre el primer día en la escuela, los compañeros (quizá, entre ellos, otros hijos de funcionarios desplazados al área; o quizá no: en la oficina nunca mencionaron otro nombre que el mío para atender el asunto), la nueva maestra. La mirada de la nena, menos huraña de lo que estaría al amanecer.

Desayunamos casi en silencio; la niña, más curiosa que agobiada, leía el reverso de la caja de cereal. No lloró cuando, luego de la charla con la directora, la condujeron al salón. No esperaba un drama, pero había preparado unas palabras por si sucedía. Me las guardé. La miré doblar el pasillo. Hubiera querido seguirla y darle un beso, rodear con los brazos su cuerpo estrecho, ligerito.

—¿Cómo se llama? –preguntó una ayudante apurada, con la lista de asistencia en mano.

—Irma. Como yo.

Una calle más allá esperaba la oficina de la Conami, una casona malamente adaptada a funciones burocráticas. Patios techados, corredores poblados por archiveros, recámaras acondicionadas como despachos. La recepción se ubicaba en donde debió estar, en su momento, una cocina imponente. La habitaba, ahora, una secretaria con pelos teñidos y sonrisita.

—¿Es usted la Licenciada Irma? Apenas van a llegar, pásese. Ya tiene máquina y teléfono.

Sin perder la mueca me indicó un punto en el espacio que podía corresponder a cualquier coordenada del Universo. Así me percaté de que era estrábica.

—Es todo derecho. Le dieron el lugar de Gloria. Tan buena, Gloria. ¿Usted no se supo esa? Ya pasó hace años. Nos la mataron aquí, en la puerta.

Decidí que podía permitirme un café. El de la oficina sería horrible; pedí a la mujer instrucciones para dar con algún expendio. Resultó que tres puertas abajo había uno agradable: equipales, trova en las bocinas, un dependiente de caireles negros y acento sudamericano.

—Usted lo que quiere —informó él, a manera de bienvenida— no es *espresso* sino uno de nuestros vasos de orgánico. Acá todos llegan pidiendo *espresso* y se cambian. *Ahorresé tiempo. Le doy un vaso, lo prueba*, me dice.

Hablaba con prepotencia de gerente. Parecía uno de esos extranjeros que buscan empaparse con la sabiduría milenaria de los indígenas antes de conocerlos siquiera. Me gustó. Lo observé, desde una mesa esquinera, desentenderse de mí para cortejar a un grupo de apariencia turística. Nunca he conseguido mantener la atención de un hombre: soy una flaca diferente a las de moda. Invisible. Estudié sociología y sólo conseguí trabajo en el gobierno. Me llamo Irma pero mi papá me decía la Negra. Nunca me gustó mi nombre pero igual se lo ensarté a mi hija. Yo tampoco voltearía.

Sorbí el café. En otra mesa resultó estar instalado el vecino, el tipo apuesto al que había espiado, de madrugada, mientras desfallecía ante el monitor. Iba bien vestido, olía a colonia fina. Tomaba anotaciones en una libretita. De cerca tenía aire profesional, rasgos delicados, barbita rubia y recortada, lentes redondos. Su teléfono celular resonó de pronto y ambos saltamos, porque el repiqueteo era idéntico al del mío. Todos los celulares de la Conami sonarían igual. Éramos perros a los que alimentaban a toque de campanilla.

Dejé una propina bastante liberal al sudamericano; no me sonrió.

El Delegado de migración permanecía en silencio, apostado como una maceta en la cabecera de la mesa de reuniones. Era un hombre macilento, a quien la camisa con el logotipo de la Conami le quedaba grande y se le remetía por cintura, brazos y cuello. Suspiró antes de recontar a los cinco empleados que tenía allí, en rededor suyo, a la espera de su alocución.

—Bueno —nos dijo antes de reinstalar el silencio—. Estamos jodidos con los quemaditos.

El vecino, que había regresado a la oficina diez segundos después que yo, bostezó. Miraba el foco en lo alto del salón. Se ajustó los lentes, jaló la aletilla del polo, casi elegante, que llevaba encima. Cuando fingió una llamada de teléfono y se escabulló, me di cuenta de que me gustaba mirarlo.

PLANES GUBERNAMENTALES

CASAS PERFECTAS, LAS DEL CENTRO DE SANTA RITA.
Como pintadas por un niño: paralelogramos con
muros de colorines, puerta y ventana enrejada. Lo
que quizá no incluiría un hipotético dibujo son las cenefas
de piedra para eludir la humedad de las que no prescinde
construcción alguna.

A pesar de que Santa Rita ha padecido sequías catastróficas durante treinta años, con pérdida de cosechas y profusión
de ganado muerto, o, cuando menos, insolado, deshidratado
y vendido como carne de tercera, el centro de la ciudad se
inunda cuando llueve. Por ello, es rutinario que cada administración municipal presente y ejecute un plan de reordenamiento, dignificación, salvación o relanzamiento. El término elegido va siempre de la mano del talante del alcalde
en turno.

La primera disposición aprobada fue rebautizar al centro
como "histórico", calificativo que no ha conseguido hacer
más llevadera su decrepitud. El municipio, en el intento
de atraer turistas escamoteando de la vista cualquier traza de
civilización occidental –esas mismas que veinte años antes
lo enorgullecían–, hizo retirar los postes de electricidad y
telefonía y bajar al subsuelo los cables que infamaban los

aires; una obra muy elogiada que requirió varios millones para rematarse. Cuando se sellaron las calles y se colocó el adoquín elegido para recubrirlas, el director de obras públicas entrante reparó en que no se habían planeado bocas de tormenta y las coladeras existentes habían sido tapiadas. Algún defecto debía tener su ensalzado predecesor. Hubo necesidad de abrir calzadas y aceras para corregir el descuido.

A la semana de que la obra concluyera, llegaron las compañías de televisión por cable. Ofrecieron contratos tan seductores para la municipalidad que las calles fueron reventadas por tercera vez para integrar sus alambres con los demás. Los pocos meses (comparativos) que tomó llevar la obra a término fueron puestos como ejemplo de la responsabilidad social de las cableras. Por eso, sólo puede calificarse como una jugada del destino el hecho de que, al colocar el recubrimiento con el nuevo adoquín, se omitieran una vez más las bocas de tormenta del plan.

Rebasado por las invectivas y el rencor de los empoderados constructores locales, ávidos de nuevas misiones que cumplir, al director de obras del periodo posterior apenas le quedó el recurso de notar que cada generación de adoquines utilizada en la obra era diferente de la preliminar. Presentó un plan para homologar el enlosado que resultó muy discutido (la sequía había matado más vacas de lo normal) pero terminó por aprobarse.

El centro recobró el semblante de excavación arqueológica. Cuando levantaron, de nuevo, el adoquín, se descubrió que los tubos de resina que contenían el cableado así como sus vecinos, los conductos de drenaje, se encontraban en putrefacción avanzada. La sorpresa general (matizada por el hecho de que el Cabildo no encontró elementos para sospechar que cualquiera de las administraciones pasadas hubiera incurrido en fraude o negligencia algunos al adquirir materiales que se consumieron durante su primer año de vida) resultó inútil. El centro entero fue enlistonado y la circulación de automotores se hizo imposible. Los habitantes del área se resignaron a transitar cada día entre altozanos de tierra, arena y escombro y a sortear los pantanos que se formaban durante las aguas.

Fue un cuarto o quinto director de obras públicas quien obtuvo suficientes recursos para cambiar desagües y tubos. Su sucesor decidió consumar la uniformización del adoquín. El empeño resultó más espinoso de lo que se preveía, pues el hombre se obstinó en que cada una de las losas utilizadas tuviera grabado el escudo del municipio. Su ofuscación heráldica devoró el presupuesto y las obras dilataron de tal modo (se decidió que el relieve fuera realizado a mano por artesanos de la cercana Sierra del Tigre, quienes, desde tiempos inmemoriales, viven una indigencia tecnológica que haría sonreír al Hombre de Java) que sólo al sucesor del sucesor del alcalde le fue dado cortar el listón inaugural del "nuevo centro histórico".

En la primera temporada de aguas, los naturales de Santa Rita descubrieron que a los constructores se les habían vuelto a olvidar las bocas de tormenta. Por eso el centro se inunda, todavía, mientras el enésimo plan de reformas es aprobado.

Sigue la Negra

L AGUA ES LO CONTRARIO DEL FUEGO. O LO MISMO, quizá. Te matará si lo permites. Pero puedes domesticarla y sumergirte en ella con la certeza de emerger. A veces me dormía a la misma hora que la nena, luego de besarle la frente y apagar la luz. Otras noches leía expedientes durante horas: inquieta, me soñaba con los parientes de los muertos (que aún no entraban a escena) o los caídos mismos. Los familiares resultaban tan crispados como se esperaría. Los muertos eran pausados. Desperté con escalofríos más de una vez, luego de delirar con un cadáver cruzado de brazos que humeaba como fogata mal sofocada, volutas expelidas por su nariz y orejas, arremangada la piel como una camisa desprendiéndose del cuerpo ennegrecido.

Me sumergía en la tina hirviente a las cinco de la mañana. Pensaba en la mejor hora del día: cenar con la niña, mirarla llamar a su padre por teléfono y recordar con él nuestra fallida expedición a la comarca de Mickey Mouse. Me complacía que dijera poco, si algo, y respondiera con gruñidos lo que le era preguntado.

El vecino solía despertar temprano, como yo. Se volvió habitual que lo mirara, al otro lado del pasillo, a medio vestir o desnudo, concentrado en aporrear su teclado, unos audífonos redondos tapándole los oídos y agua o café junto a los dedos apresurados. Me acostumbré a espiarlo cada madrugada, oculta detrás de la cortinilla. No lo vi volverse hacia mi ventana durante aquellos primeros días. No suelo interesar. Me omiten.

Por la mañana, en la oficina, tomaba anotaciones sobre lo que leía en los expedientes. Por las tardes organizaba seriales de fichas. Jerarquizaba la muerte y me preparaba. No es lo mismo atender a un viudo que a un huérfano. Imposible que una anciana que perdió a sus hijos se comporte como alguien que vino en busca de las cenizas del tío. A los supervivientes, hospitalizados desde el incendio, los tenía copados la policía. Pasarían quizá varios días más antes de que mi área se ocupara de ellos. Pero los muertos estaban bajo mi potestad y tenía instrucciones de convencer a sus deudos para que aceptaran las indemnizaciones sin rechistar ni joder.

También debería dar aviso sobre los casos que representaran riesgos particulares y apartarlos de la mirada pública. No se les ofrece el mismo dinero ni atención a todos, pero la prensa no lo entendería. O nadie, en realidad. Cada madrugada, sumergida, me acercaba al momento en que tendría que dejar la confección de notas y operar.

—Vivimos en el mismo edificio, en los búngalos blancos –le dije al vecino una mañana.

Un viernes de obviedades. Enclavados en la sala de juntas, una habitación rodeada de ventanales a la que se conocía como La Pecera, aguardábamos que el jefe y los compañeros regresaran del café y comenzara una reunión semanal en la que cada quien fingiría informar sobre los avances en el cometido de sus responsabilidades. Una de tantas reuniones autoconmiserativas que sobrevendrían.

—Sí.

Sin levantar la cabeza del cuaderno, trazaba espirales con un bolígrafo. Yo había tomado la precaución de pasar por café antes de llegar a la oficina —el mesero o dueño me ignoró con el encanto habitual—. Bebí un largo trago. Tosí. Era demasiado amargo. Mejor abordarlo a sorbos.

Un tumulto en el pasillo precedió la llegada de los compañeros. Vociferaban, intercambiaban comentarios que les parecían divertidos. El Delegado, desaliñado y tosijoso, cerraba la marcha. Un burócrata que no encabeza la fila india de sus acólitos es un burócrata condenado.

—A veces te veo bañarte —dijo el vecino en voz baja, antes de que los demás ocuparan los asientos en torno nuestro y resultara imposible escuchar más.

Una punzada de sorpresa me picó el paladar y el estómago. Tenía una prima adicta a los gimnasios y las caminatas, enfundada siempre en mallas, que subía los cinco pisos de su edificio a saltos tres veces al día. Había conseguido que sus piernas estuvieran tan saludables que los espontáneos por la calle la idolatraban. Le gritaban, la seguían. Alguno le ponía la mano encima y echaba a correr. Mi prima lloraba. Subía a su casa con lágrimas escurriéndole por la cara y el pecho y su marido sabía que algo había sucedido, que otra vez le habían agarrado las nalgas.

Nunca me dijeron nada por la calle pero la entendía.

El vecino rayaba el cuaderno.

Se llamaba Vidal. Vidal Aguirre. Eso decía la tarjeta de presentación que me había dejado en las manos.

Biempensantes

*E*NFUREZCO, TODAVÍA, PORQUE LA **N**EGRA DECIDIÓ CANCELAR *el puto viaje en el que gasté los ahorros de años. Discuto con un colega, el profesor de filosofía de la preparatoria. No me convence. Reñimos, carneros en brama. Lo primero es el control de daños, me dice. Porque no es verdad que sean los narcotraficantes quienes cometen estas barbaridades. O sí. Son quienes controlan las redes del tráfico de gente. Los narcotraficantes, cabrón. Que no. Que somos todos. En todo caso tu puta madre ¿eh? que te quede claro que yo no. Pero a quién le conviene que achicharren a cuarenta guatemaltecos. Hondureños. Salvadoreños. A ellos, a su negocio. Achicharrar no puede ser negocio para nadie. Esto es porque los centroamericanos se les escapan a los polleros que los llevan al Gringo, ya de este lado se dan cuenta de que van a vender sus culos y huyen. Algunos los recuperarán los polleros y los matarán, creo. A otros los recogen las oenegés o la Migración. ¿La Migra? Sí. Ahora es la Comisión Nacional de la verga y eso. La Conami buena pa' nada. Las oenegés los ayudan, les dan comida y los ayudan a seguir. La Conamierda los alimenta y desinfecta, no siempre en ese orden, pero el trámite para dejarlos ir es lento, así que a veces se dejan agarrar y escapan luego de los albergues, entre que llega el oficio pertinente pueden pasar semanas. A los polleros* *(pero deja de llamarlos así porque son viles narcos) (o no) claro que no les va a gustar que la mercancía huya por sus propios pies, pollos congelados, chuletas de puerco que avanzan por la carretera. Por eso se dedican a pegarle de tiros a los que recuperan y a coser a tiros también los albergues de las oenegé. Pero debes reconocer que no es común ni normal que ataquen uno de la Conamierda. Y con fuego. Sí, no mames. Entonces puede ser que los narcos (o no ellos, sino quienes resulten responsables) hayan descubierto que la Comisión se está llevando demasiados. O que esté, la puta Conimadres, compitiendo y en realidad sea una red de tráfico por sí misma. Que no lo dudo. Pero no, no mames, la mamá de mi niña, Irma, la Negra, trabaja ahí, y no anda en esas cosas. Ella, tan perfecta, jamás. No digo que lo hagan todos, pero algunos. Lana hay. No mames. No lo hacen. La Negra es socióloga, es trabajadora social y ahora anda allá, la cabrona, movieron gente por la quemazón. Los achicharrados. De hecho, el puto viaje a Disney se fue a la verga porque ella se tuvo que ir y no podía yo llevarme a la niña, no me darían el permiso en la dirección. El pedo también es que la pinche Conamierdas no resuelve un carajo, es una oficina de buenas intenciones. Pero qué chingados va a hacer ¿ponerles casa? Total, la mitad del pinche país también se va al norte. Un gringo no distingue, mi cabrón, nos ve parejos, pinches prietos panzones putos. De bigotito. De la verga. Tú tampoco distingues. Ni tú ni yo, mi cabrón. Pon que a nosotros no nos confundan. Yo no sé, yo fui a San Francisco hace años y me hablaba en inglés la banda. Igual a mí en Tampa, te ven más güero y no piensan que seas mexica. También es un rollo de educación, güey, de cómo te vistes y te paras. Sí, no mames. Uno no se cruza para cortar el pinche pasto. Si no lo corta ni acá. Y también estamos más altos, cabrón, esta banda luego son todos de uno veinte con tacones.*

Pero putos gringos se clavan, son unos hijos de perra. Pero es que piensa que toda esta banda cae a tu casa, cabrón. Como los guatemaltecos. Yo no dejaría salir a mi niña de la casa cuando tocan la puerta, no mames. La reconocen en la calle y te la roban. No mames, no mames. Sí dan culo, pues. Igual también por eso los chingan estos cabrones narcos. O no narcos. O la misma pinche gente de Santa Rita, güey, no les ha de latir el rollo. Sí, no mames. No, no mames. La verdad es que los ves por encima y si se queman duermes igual de bien que si no.

De regreso a casa, me concentro en pensar y me digo: lo cierto es que estás contento de las cosas como están. Eres un profesor y lees sobre la muerte en el diario, nomás. Suficiente haces con enterarte de estas cosas en lugar de limitarte a estudiar los efectos de la televisión y la red sobre las formas de poder contemporáneas ¿no? Estás ocupado, totalmente agobiado, compadeciéndote por la vida que llevaste en la adolescencia, no, por favor, nada de causas, nada de pérdidas de tiempo, mi causa es mi hija, mi causa es mi quincena. ¿Pero los has olido? El error de quienes hemos defenestrado por decirlo es, justamente, que lo dijeron. Uno solamente lo piensa. Que huelen mal. Nadie respetable habla en público de un olor. Tampoco le has dicho a tu vecina que su novio huele literalmente a mierda, como si le hubiera metido los dedos en el culo durante horas y se hubiera impregnado. Para qué decir eso. Tampoco hay que decir que son torpes, que no entienden que corren peligros inimaginables. Qué clase de padres hacen pasar por eso a sus hijos pequeños. Tan simple y provechoso que podría haber sido quedarse en casa. Sí, ya lo dicen, que allá no hay empleo y esas cosas. ¿Y en el norte sí? ¿No saben que los van a tratar como basura, los gringos y sus propios compatriotas? Y sobre todo nosotros. ¿Como quién nos vemos y somos? Obviamente no como gringos. Muy pocos de nosotros, ni siquiera quienes se empeñan en sostenerlo, se confunden con ellos. Ni siquiera aquellos que pulen su acento y consiguen pronunciar como nativos de los suburbios de Boston, que los hay, ni siquiera quienes nacen con sangre extranjera, que son más de los que pensamos, se confunden. Algún tono particular de suciedad o derrota o escepticismo lo impide.

Al día siguiente prosigo mi charla con el profesor, el morro que da filosofía, un güey tan polvoriento y jodido como yo mismo. Nos lucimos ante las alumnas, me parece, porque no hay mucho que discutir. No somos gringos, pues. Pero tampoco somos como ellos, como los centroamericanos. Que levanten la mano quienes se consideran dignos de ser confundidos con hondureños. Algún entusiasta, solidario, lo hace. Son pocos. No, no es verdad que lo sintamos. La mayoría, de plano, reniega. No, la verdad, no es racial. También hay cuestiones culturales, de educación, no es lo mismo. Unos sacan las cintas métricas. Otros arguyen a don Alfonso Reyes. En casa, porque en público no conviene, otros dicen que hay más negros en la selección de Honduras que en treinta estados de México. Total, somos distintos. Mírame. Dime si parezco. Dime si parezco. Pero los racistas son los gringos, los españoles. ¿Has notado que los españoles son racistas con todos los putos latinoamericanos menos con los argentinos y los mexicanos? Yo no. Yo sí. Estuve en Barcelona y cuando saben que eres mexicano te tratan mejor. Mejor que cuando creen que eres ecuatoriano. ¿Y nosotros? No llegamos a enterarnos que son centroamericanos más que cuando abren la boca. Nadie se acerca lo suficiente para que abran la boca. Pero mira que quienes los joden más son quienes se le parecen: los policías, los soldados, los del sureste. ¿Son idénticos, los del sureste, a ellos? Bueno, se parecen más. Por eso la policía les pide, a quienes encuentra por la calle, que canten el himno nacional, que reciten *los nombres de los Niños Héroes. Porque luego no es tan sencillo distinguir a un pendejo que vino en tren de San Salvador de uno que nació en Tuxtla. ¿Y tú los distingues? Silencio, porque no conviene decirlo. Porque en el fondo te da lo mismo que sepan o no el himno o si nacieron de qué lado de la frontera, porque si eres cinco centímetros más alto o de pellejo tres grados más claro los miras iguales. Y pendejo el gringo o español que no lo note. Un amigo fue a Panamá, vivió allí cinco meses por negocios, y lo tomaban por panameño. Es que los de Panamá sí son educados. Negros pero educados. Luego se fue a Nueva York y regresó feliz. Manhattan. Esos rascacielos. Esos cafés. Esa despreocupada elegancia, gente de color indefinido con ropas oscuras, los museos y galerías repletos. Ese es mi ideal, sabes. Lugares así. Pero es que son lugares en donde no eres diferente mientras te comportes bien y pagues tu estancia. No es el tono sino el dinero el que te hace aceptable. Santa Rita no es Manhattan y no hay un centroamericano con dinero allá. Brillan por las calles. Y si los confundimos, si no somos capaces de distinguirlos de alguno de nuestros nativos, si salió un poco más alto o claro de lo que se espera, siempre queda el recurso de rodearlos de policías y exigirles que canten el himno nacional. Sin titubear. Aunque sólo hayan pisado el kínder una mañana, lo saben. Es lo único que se espera que sepan. Porque nadie les pidió venir. Nadie previó que lo hicieran. No se les necesita y si se les necesita no queremos aceptarlo. Ni que nos faltaran pobres prietos aquí, no mames. Lo que quieren es ir al norte. Entonces que cada tren sea acompañado por soldados y policías y no permitan que se bajen. ¿Crees que todos son modosos y honestos, pobrecitos? Ni madres. Son criminales, les has visto los pinches pellejos tatuados. Se tatúan hasta el culo. Los he visto con la cara manchada entera. No quieres a uno de esos pendejos a menos de quince kilómetros de tu casa, tu mujer, tu hija. Necesitas un muro de escopetas entre ellos y tu puerta. Exactamente eso leí que decía un texano sobre nosotros. Pero es que son pendejos y en realidad se refieren a ellos. Nos confunden. Y ellos no pueden recurrir a pedirnos que cantemos ningún himno, porque no creo que quieran enseñarnos el suyo, ni se lo deben de tomar en serio. Son tan pendejos, los gringos, que seguramente ignoran su himno. ¿Sabes que no son capaces de señalar su país? Su puto país. Les enseñan cómo es pero luego no le encuentran forma cuando los ponen a señalarlo en el mapamundi. Como si fueran una isla. Una isla a salvo de extraños. Quién no quisiera fronteras de agua o de fuego que lo protejan y lo salven. Qué puta suerte tenerles tanto asco, despreciarlos de tal modo y ser tan putamente parecido, tan indistinguible, tan totalmente indiferenciable de ellos, que somos tratados precisamente del mismo modo en el único lugar del mundo donde deberían recibirnos mejor. Puta madre.*

La Negra

—La Policía soltó a los supervivientes antes de lo esperado. Ya andan mezclados con los familiares que van llegando. No te olvides de entregarles los trípticos informativos –masculló el Delegado cuando me vio dirigirme a la primera reunión matinal.

Los sobrevivientes del incendio y los deudos que habían aparecido por Santa Rita fueron organizados en cinco grupos distintos (sin ningún propósito o criterio que yo pudiera distinguir) y mi trabajo consistiría en anunciarles su situación y la de sus parientes (quiero decir, sus cadáveres) y entregarles unos cuadernillos diseñados por la oficina de Vidal con la finalidad de exponer sintéticamente lo que tendría que plantearles a lo largo de muchas horas, por si debían narrárselo a otros. La idea era que se machacaran el impreso antes de regresar a incordiarnos.

Una secretaria subió el radio a un volumen exagerado y tarareó una canción sobre desgracias amorosas; la mandé callar antes de entrar a La Pecera, el lugar donde transcurrirían mis jornadas en adelante.

La Pecera, como todos los sitios a los que los burócratas bautizamos así, consistía en una oficina rodeada por ventanales que se levantaba en lo que debió ser una salita de estar con vista al jardín. Como ya no había jardín alguno (fue sustituido por un patio adoquinado en el que jugaban carreras los hijos de las muchachas de Archivo), los ventanales fueron cubiertos con un cortinaje que sobró de los despachos. Hacía mucho que el cortinero debió arruinarse. La cuerda lucía raída, seca, y las colgaduras quedaron atascadas en un punto que ni dejaban mirar afuera ni tapaban el sol.

Para ocultarse del resplandor matinal, la mujer que me esperaba debía haber cambiado tres veces de sitio (dos sillas movidas de lugar además de la que ocupaba) hasta dar con el único espacio a la sombra. Hervía, el asiento en que debí aposentarme para mirarle la cara. El sol me corroía nuca y espalda.

No me atreví a entregarle el colorido tríptico antes de abrir la boca, como era mi plan inicial. Cerré los ojos. Las siete de la noche. Las ocho de la noche. Mi niña leve, mi niña de aire. El agua rodeándome, envolviéndome, una manta. Las seis de la mañana. El agua. La niña.

—Usted es Yein —leí de la mínima carpeta de informes que me fue proporcionada.

Ni una palabra salió de su boca estrecha. Era morena, flaca pero mofletuda, ojos grandes y cabello recortado a los lados de la cabeza al rape, como el de los hombres. Llevaba un tatuaje en el brazo. El marido de Yein pagó el viaje desde Centroamérica. Ya en México, los polleros que custodiaban la marcha del ferrocarril subieron sus exigencias: o les entregaba a la mujer o los bajarían y les dispararían. Aceptaron con la resignación de quien se ahoga. La violaron. Ya era poco lo que Yein podía reclamar al marido: había ardido en el albergue, como tantos más.

En silencio, observaba el cortinaje. Si quería decir algo, no sería a mí.

—¿Tiene otros familiares? Podemos buscarlos.

Abría la boca sólo para respirar. Los ojos brillantes, una línea los labios. El sol le relamía los pies. Desfilaron cinco más por La Pecera. Ninguno dijo mayor cosa. Al mediodía una de las secretarias me llevó un plato de frijoles y algo de pan. Apenas los probé, debía correr a buscar a la niña, llevarla al búngalo. Me encargaba de que comiera lo mejor posible. Le leí un cuento.

Regresé. Se reanudó la procesión. Descubrí que Vidal, el vecino, vigilaba desde su escritorio, la puerta de la oficina abierta, su rostro oculto a medias por un pilar. Lo veía tomar notas en su libreta. Cuando una anciana con la pierna inmóvil, abandonada a una silla de ruedas, fue sacada de La Pecera por el par de policías que la custodiaban, Vidal se coló a mi lado, arrancó unas hojas y las puso en mis manos.

Eran un puñado de sugerencias. Las revisé. Proponía, por ejemplo, preguntarle a Yein, la primera en pasar, si el tatuaje en su brazo la demostraba afiliada a alguna pandilla en su país; planteaba, además, la posibilidad de que a la anciana tullida, pese a sus llantos y balbuceos, se le acusara de ser la delatora del grupo, una infiltrada de los atacantes, y se pusieran en duda sus respuestas. No sabía qué clase de conocimiento supremo esperaba obtener Vidal de ello o si lo hacía para burlarse. Me pareció de mal gusto. Eché el cuestionario a la basura. Yo no investigaba el ataque: mi trabajo consistía en repetirles a las víctimas las frases de consuelo que establecía el plan.

El vecino no volvió por la tarde; atendí ocho más y tardé tanto en intentar sacarles lo que no querían decir que, cuando abandoné La Pecera, la oficina estaba deshabitada. Oscura. Sólo el foco del pasillo permanecía en guardia. El velador miraba la televisión. Azoté la puerta tras de mí. Caminé por calles repletas de gente morosa que me ignoró.

La niña se fatigaba ante los cuadernos de la tarea. La socorrí hasta concluir; le permití que llamara a su padre. Jugamos con muñecos de peluche. Rodamos en la cama. Su pelo, infinitamente suave.

Me sumergí muy temprano. Eran las diez; ningún ruido distraía mi inmersión. Quizá un mínimo crujido de pies sobre la grava del patio, que oía o deseaba. Podía suponerlo. Pero lo que hice fue cerrar los ojos y pensar algo distinto, mejor.

Por la mañana, me informaron que Yein se había cortado las venas de la muñeca ayudada por los dientes y un lápiz.

No parecía haberse provocado grandes daños, sin embargo. Cuando la trajeron ante mí lucía un vendaje sanguinolento y se empeñaba en callar. Me le había adelantado esta vez: ocupé el lugar a la sombra, reservándole el silencio y el sol.

El Delegado se encontraba de tal modo ofuscado por el intento de suicidio (la secretaria me deslizó, admirada, que Vidal tuvo que hablar con la prensa para disuadirla de publicar el asunto y salvarnos el cuello *a todos*) que mi única misión del día fue encerrarme con Yein, sosegarla.

—¿Tienes parientes? ¿Amigos?

Persistía, estúpidamente, en preguntarlo. Yein arañaba la mesa. Las aletas de la nariz se le abrían como si requirieran todo el aire del mundo para respirarlo. Tras el pilar, Vidal registraba, asimilaba, anotaba.

—Tú sabes dónde están –susurró ella, en voz tan baja e infantil que apenas la escuché y dejé de creer que existiera.

No había respondido mi pregunta sino arrojado la suya en forma de afirmación. Me mantuve estática, sin pestañear. No quería que Vidal notara mi sobresalto. Esgrimí el folleto que tenía a mano como si expusiera datos cruciales de su contenido.

—No, no los conozco.

—Tenía que ir a la enfermería —justificó ella—. Para armarme.

No lo confesó pero se había hecho, probablemente, con un bisturí. No parecía que su intención fuera matarse, anoté en mi informe, sino recibir apoyo: sin embargo, deprimida, podría atentar contra sí misma otra vez. Deberían traérmela para iniciar un plan de terapia.

—¿Tienes parientes? ¿Amigos? Por muchos ya vinieron. ¿Tienes?

Me miraba, suspicaz. Creería que no escuchaba. O sabría que sí.

—No tengo.

—Anota un nombre. El que sea.

Le entregué un papel. Vidal, de pie tras el vidrio, se rascaba la cabeza con el lápiz, afilaba la mirada. Yein anotó cualquier nombre.

—La hiciste hablar —celebró cuando se la llevaron.

—Dio los datos de una tía.

Yein había apuntado un nombre y una dirección tan complicados que Vidal debió detenerse medio minuto a releer.

—No me la creo —advirtió.

No era sencillo creer lo que no era verdad. Se echó la libretita al bolsillo del suéter, dibujó un gesto impreciso, se marchó.

Nunca confundí mis inmersiones con el baño. Me duchaba en pocos minutos y me tallaba con una velocidad en nada parecida a mi infinita lentitud en la tina. Me bañaba por higiene; me sumergía para pensar.

Pensar.

Por la mañana vino a la oficina el policía encargado de la investigación, un hombre en sus cincuenta, bigote y canas, pantalón bien planchado y camisa con el escudo de la Procuraduría Federal –Delegación Santa Rita– bordado en bolsillo y espalda. Parecía feliz de desempeñar su misión: se las arregló para tironear las cortinas de La Pecera hasta dejarlas más o menos alineadas con la que debió ser su posición original. Hizo traer una polvorienta pantalla y forcejeó con el proyector y su propia máquina durante veinte minutos hasta conseguir que funcionara. Apagó el foco y nos dejó en una penumbra tiroteada por los rayos de sol que traspasaban los quiebros de la cortina.

—Primero, darles las gracias por venir, compañeros –comenzó, como si estuviéramos allí para escuchar el agradecimiento de un premio.

Explicó, en demasiados minutos, la genealogía y antecedentes de las seis bandas de tráfico humano que podrían ser culpadas del ataque al albergue. Nombres como La Sur, los Rojos, Las Piolas, apodos como el Tresceros, la Misionera, el Morro, el Apando. Recortes de periódico y ligas de Internet probaban sus dichos. Luego, no sin advertirnos que estábamos por enterarnos de avances confidenciales de la investigación, exhibió pegotes del expediente: el calibre de las armas utilizadas era el de otros cien mil rifles automáticos en el país. No había huellas. Las molotov habían sido fabricadas con gasolina vulgar, de venta en cualquier expendio.

Una hora para enunciar un largo error: no sabíamos nada.

El Delegado permaneció en alegre silencio cuando el tipo volvió a encender el foco y esperó para hablar hasta que se dio por vencido y dejó de estirar los cortinajes para devolverlos a su posición.

—Un informe completísimo. Solamente pediría que nos hiciera favor de darnos una versión corta para entregarla a nuestro Comisionado Presidente, que viene mañana. Que el amigo Vidal la ponga bonita.

El interpelado escurrió la mirada a sus pies.

Vidal.

Al salir le dejé un papelito en la mano.

"Ayer te vi", le decía.

Era mi venganza. Me parecía claro que su intención al sentarse frente a la ventana, de madrugada, no era otra. Ni la mía.

La visita del funcionario alfa

¿**H**AS VISTO AVANZAR UN GRUPO DE FUNCIONARIOS, digamos, entre el punto a y el b? El a: caravana de camionetas oficiales, dos o tres en el caso de un mando de alto nivel y presupuesto escaso, pero hasta siete o diez para un mimado de la Federación. El b: alguna planicie colmada de burócratas de a pie, asoleados, amargados, coaccionados de modos sutiles o feroces para asistir, algunos de ellos, sin embargo, eufóricos, tomando retratos con sus teléfonos celulares, alistándose para ovacionar, aplaudir, vitorear a quien se les indique.

No, nunca debes haberlo visto ni reflexionado sobre los motivos que obligan a los integrantes de esa parvada a desplegarse, flotilla de aves, obedeciendo una jerarquía que les ha sido remarcada a hierro y fuego en traseros y lomos.

El tipo de nivel más alto abre el grupo y sólo uno de sus pares, si lo hay a mano, o un aventurado de nivel inferior –invitado a acompañar el paseo para recibir un reproche o, más raramente, un parabién– puede aparejársele.

Tras el prínceps, caminan ojerosos, en fila india, los habitantes del segundo nivel. No queda ya entre ellos revoltoso alguno que aspire al sitial superior. Han sido acorralados y expulsados mucho antes de esta mañana radiante de afanes, nubecitas, discursos en espera de ser pronunciados. Así pues, aquellos que persiguen en su marcha al funcionario alfa son incondicionales, por vocación o conveniencia, y sus propios siervos se apresuran tras ellos y responden sus teléfonos repiqueteantes y redactan tarjetitas con aclaraciones o consejos para su servicio y se fustigan con codazos, caballazos y zancadillas para ser ellos y no otros –indistinguibles, desde luego– quienes se conviertan en el más útil, el más servicial, el indispensable entre los pajes.

Alrededor, polillas en torno al foco, los pretorianos: entre uno y cinco guardaespaldas, siempre con relación al presupuesto y cariño federal involucrado. Poco que decir. De sobra los recuerdas: ostentosos, babeantes, traicioneros quizá, sudorosos, repulsivos.

Y todo, la sumisión, la abyección, el desastre, lo conoces, pero a que no sabías o no habías notado que los funcionarios avanzan siempre en fila india, una fila india escalonada entre el punto a y el b y luego de regreso, y ejecutan movimientos que nadie en su mejor juicio se interesaría en probar: caminar tomados del brazo; saludar a la obligada multitud con el bíceps a medias flexionado y la palma volteada hacia el rostro, como para mirarse en un espejo; palparse los antebrazos con manos amorosas, sonriendo, a la vez, al vacío.

Los políticos se conceden mayores libertades: hacen uves de la victoria con los dedos, levantan los pulgares. Hace tiempo (ahora es visto como un mal gusto intolerable) levantaban el puño izquierdo o extendían el brazo derecho para prometer la muerte al enemigo.

Los funcionarios, ahora y acá, no prometen la muerte. Solamente, en silencio y susurro, la constatan. La mayoría piensa que es culpa de otros: extranjeros, maleantes, revoltosos o, en el mejor de los casos, funcionarios más empoderados y afortunados que ellos mismos.

Éste es un trabajo que, como todos, alguien tiene que hacer.

Y mejor nosotros que ellos, nos decimos todos.

Cuando el funcionario alfa llega al micrófono, se hace el silencio más cuidadoso posible.

—Amigas, amigos. La artera agresión en contra de uno de los albergues de esta Comisión, que se produjo hace unos días, es una tragedia que nos... (repele indigna conmueve apena, agregue usted un término más apropiado).

Y nadie contiene la respiración, puesto que se sabe y espera cada palabra de lo que dirá.

Alguno de los burócratas se dedica a contemplar las estrechas caderas de una de sus compañeras.

A ella la despierta el aplauso que estalla cuando concluye el mensaje.

Negra, negrita

Yein me buscó antes de la salida. Arruinó con su aparición las cinco y media de la tarde, tan repensadas en el agua del alba. Le pedí que me siguiera, no iba a quedarme más tiempo del preciso en la oficina. Debí rubricar tres formatos para que le franquearan el paso. Me comprometí a entregarla en el albergue provisional antes de medianoche. Lo pensó antes de salir pero me siguió, chancleando. Avanzamos por calles hostiles. Los tipos que nos cruzábamos le miraban con desprecio el tatuaje en el brazo, las muñecas parchadas, la cabeza desplumada, las ropas anchas y grises.

La niña terminó la tarea, miraba el televisor. La besé velozmente. Instalé a Yein en la sala. Ofrecí café o agua, que declinó con un gesto. Se mordió las uñas. Escupía los restos al suelo. Los miré caer. Repentina, una llave de agua que se abre, comenzó a narrar su infancia, la época en que conoció a su marido, la miseria inapelable, el hambre, la decisión de irse. Y luego, aprisa, encarrilada como un tren, la venta de sus pertenencias, la negociación con los polleros, el viaje, las amenazas, la violación consentida a medias por su marido. No habló ya de la llegada a Santa Rita y el fuego, tampoco necesitaba conocer esa parte. No necesitaba, en realidad, enterarme de ninguna.

Había subido las piernas al sillón, me abrazaba las rodillas. La niña mantenía la vista en el televisor, pero nadie podría asegurar que no escuchara el vómito de Yein. Siempre escuchan. La mía sabía más de lo que hubiera querido.

—¿Y ahora?

Hice la pregunta. Me arrepentí. Ella mordía la carne en torno a sus uñas con rabia.

—Me los quiero bajar. Joderlos. Cogérmelos, a los mamagüevos.

Allí correspondía que le dirigiera un discurso institucional invitándola a confiar en la investigación y el aparato de justicia, pero no lo hice porque me habría sentido pendeja. La obligué a tomar café, le preparé de comer. No dije, finalmente, nada.

Ya con la niña acostada y la portera avisada de que tendría que aplastarse a esperar mientras llevaba a Yein al albergue, tocaron a la puerta. Abrí antes de recapacitar que no habíamos previsto seguridad alguna y bien podrían meterse a casa los mismos que habían carbonizado a su marido y pegarnos de tiros a todas.

Era Vidal. Llevaba en la mano una bolsa de lona negra que escondió en cuanto vio la pequeña multitud reunida. No perdió la compostura. Saludó, comentó el fresco de la noche y, enterado de lo que pasaba, se ofreció a permanecer en casa como cuidador o, lo consideró por un momento y le pareció mejor, ser quien escoltara a Yein. Acepté irreflexivamente, por no dejar a la niña sola, sin reparar en que la centroamericana temblaba. Sugerí, con alarma, que llamáramos un taxi, pero ya Vidal la había tomado del brazo. Repuso que no era necesario. Yein me miró, impenetrable. Cómo saber si había dejado de concederme el dos por ciento de confianza que me asignaba o si, peor aún, se lo había entregado a mi vecino.

Despedí a la portera. Me aterraba lo que había hecho y para perder el tiempo sin atormentarme di por acomodar objetos dispersos por casa. Revistas, papeles, cigarros a medio consumir. Topé, encima de una mesilla, con la bolsa de Vidal. Era de lona vieja, la mantenía unida una correa. Imaginé que su contenido sería un látigo, cualquier accesorio intimidante. No: albergaba una botella de vino polvorienta y un par de discos sin etiquetas de identificación. Volví a plegarla sobre sí, me senté a esperar.

Vidal regresó en menos tiempo del necesario para que la preocupación se me desbordara. Caminaron en silencio, me dijo, la cubrió con la chamarra para que la gente no le mirara las vendas, el tatuaje, la blusa con el logotipo de la Conami. Como si supiera que desconfiaba, me entregó las cuatro formas que debió firmar en el albergue. Yein, pues, vivía.

Nos quedamos en la sala, estudiándonos. Su bolsa seguía allí, abandonada. No hizo intento de recobrarla, tampoco explicó los motivos para haberla llevado consigo. Hablamos del incendio y los sobrevivientes. Callamos. Me sentía enardecida y extraña, como quien se traga un cubo de hielo. Vidal era voluminoso, con pelos de un rubio sucio que comenzaba a encanecerle en los bigotes y la barbita de mosquetero. Habría aceptado sin parpadear un hombre incluso menos atractivo.

Se despidió luego de unos minutos. No cargó con la bolsa, tampoco hice el intento de recordársela. Se marchó sin extenderme la mano. Tampoco me acerqué. Los discos contenían viejas canciones sentimentales, música de otro tiempo y otros países que me gustó de inmediato. La escuché ir y venir mientras bebía el vino.

Era esquivo, Vidal. Tanto como yo.

El siguiente día fue malo. La niña, al teléfono, bajaba la voz hasta hacerla inaudible, como para evitar que la oyera. Tuve un pinchazo en el estómago cuando me di cuenta de que lloraba. Caminé a su lado mordiéndome los labios. Ella sostenía el aparato con los ojos cerrados. Algo decía su padre y la nena, en vez de replicar, callaba. Pero no era Disney el motivo de la plática. El pendejo había prometido verla en su cumpleaños, para el que faltaba un mes, y ahora le decía que no podría: nosotras estábamos en Santa Rita y él debía trabajar. "Dile a tu mamá que te traiga", alcancé a escuchar cuando le arranqué a la niña el teléfono de las manos.

Sobrevino una discusión que se extendió de Disneylandia al acuerdo de la custodia y su reclamo, un poco cínico, de que su acostumbrada insolvencia para pasar la pensión lo había privado de derechos —descripción que se ajustaba bien a mi concepción del asunto. Y, ahora, la compra del viaje lo había dejado sin dinero. Toda una víctima. La niña lloraba, apretados los ojos, la mano aún extendida en la pierna, como si esperara recuperar el teléfono. "Pues te vas a la mierda", le dije al padre antes de cortar la comunicación. Hacía más de un año que las llamadas no terminaban así.

Tuve que dedicar parte de la noche a tranquilizarla. No hablé del tema. Si su padre hubiera querido verla, sus decisiones habrían sido diferentes mucho tiempo atrás. Eso debí decirle, pero en vez de ello le pregunté por escuela, clases, compañeros y maestras, circularmente, hasta que confesó que no había hecho la tarea. Improvisé una lección sobre suma y resta, ejemplo de compra en una hipotética tienda incluido. Recibí un billete de aire de su mano, le puse en la palma un montón de monedas fingidas como cambio. Se durmió en mis piernas. Esperé a que su respiración se hiciera lenta para llevarla a la cama.

No había terminado con el padre. Desde el aparato del trabajo y guarecida en la cocina, para que la niña no escuchara, lo llamé. Marica, pendejo y descerebrado, mentiroso, pocosgüevos, traidor, farsante, cuando pagues un puto centavo de pensión te quejas de que me la lleve. Es mi trabajo. A mí de qué vergas me sirve el puto viaje a Disneylandia si no pagas pensión. Yo también gasté a lo pendejo en las visas y los pasaportes.

Sin la posibilidad de envenenarle los oídos a la niña, se mantenía en silencio. Como si soportarme los insultos lo purificara. Detestaba escucharle la respiración agitándose en la bocina mientras lo humillaba, quizá estimulado por mis gritos y gruñidos al grado de masturbarse. Lo odiaba. Volví a llamarlo pocosgüevos antes de colgar.

Me senté en el antepecho de piedra del ventanal. Los búngalos eran una escenografía apropiada: seca, oscura, muda. Hubiera querido que la niña no captara nada pero tampoco debía esperanzarme. Nunca había susurrado mis escupitajos.

Una puerta arrojó una cuña de luz al patio y tras ella apareció Vidal. Cruzó a grandes pasos la grava, encendió un cigarrillo, le dio una calada. Me lo brindó. Rara vez fumé tanto como aquel día. Acepté. Jalé humo como si me fuera la vida en ello. Arrojé la colilla al suelo, la aplasté con el zapato. Se marchó. Me serví un vaso de cerveza local, esa sopa tibia y diluida que expendían en la tienda. Había pasado un año desde el último pleito, siete desde que la niña naciera. Y nada había mejorado, dos mil quinientos días después. A la segunda cerveza puse a funcionar el aparato de música y dejé de pensar.

Me instalé en la tina, cerré los ojos.

El agua hizo su trabajo.

—Llegó un periodista. Creo que de la capital –me susurró la secretaria cuando llegué a la oficina, su estrábica mirada confundiéndome sobre la dirección en la cual debía buscarlo.

Me levanté tarde y no pude tomar mi baño matinal, un duchazo apenas. Llevé a la niña a la escuela aún mascando el desayuno, terminé de alisarme el cabello en la cafetería. El sudamericano me ignoró aunque lo miré con el dejo de orgullo que dejan los ensueños nocturnos. No sabía aún si debía involucrarme con Vidal o si, de hecho, él lo procuraba, pero había decidido sacarle provecho a la situación. Encontré incluso premeditación en el beso que nos dimos al toparnos. Vidal me puso los labios durante un segundo en el pómulo. Un beso frío. Pero bastaba con que sucediera por vez primera en la historia.

El periodista lo acompañaba.

Lo mejor que podía decirse de Joel Luna era que la barba le salía rala pero pareja. Era moreno, desgreñado, con arrugas alrededor de los ojos y en la boca una mueca que debía considerar escéptica y en realidad parecía síntoma de dispepsia. Siempre estaba atento a cualquier asunto diferente al que se le planteara. Tuve que corregirle dos veces mi nombre cuando lo repitió, mientras me miraba las piernas con atención inusual.

Joel llegó en el camión de la mañana y presumió haberse recorrido a pie el centro de Santa Rita mientras aguardaba que abriéramos la oficina. Le dimos el gusto de un gesto de asombro, pero incluso mi niña hubiera podido caminar esas calles en el par de horas que le tomó a él.

Vidal lo había mareado con su narración pero Joel no pensaba concederle a la versión oficial ni siquiera media línea de sus notas. Por eso, en la cabeza de mi vecino había repiqueteado la idea de entregármelo. Para ponerme al tanto, me envió un mensaje telefónico que habría resultado más agradable (me sobresaltó escucharlo llegar) si se hubiera referido a cualquier otra cosa.

—¿Eres Irma? Tu compañero dice que te tocó entrevistar sobrevivientes –comenzó Joel, incluso antes de que pasáramos a conversar a La Pecera–. Será difícil, ¿no? Tanto muerto.

Olía a sudor agrio, a cigarro mal apagado. Me miraba con ese asco que los periodistas que se consideran honestos destinan al resto de los seres vivos.

—Sí.

La charla no tuvo interés. Vidal no cesó de vigilarnos, dejándose ver cada tanto por las ranuras de los cortinajes. Yo no evitaba pensar, al verlo, en cosas que no tenían que ver con la oficina. Luna, sin embargo, se despidió con efusividad y agradeció que le hubiera expuesto el caso de los centroamericanos sin lo que llamaba "lenguaje político". Prometió no citar mi nombre (de todos modos no me gustó nunca, creo que le respondí) sino referirme como "una fuente interna de la Conami". Le negué las entrevistas con sobrevivientes que solicitó porque la decisión la tendría que tomar, en todo caso, el Delegado, quien habría arrojado a sus hijos desde un risco antes de permitirlo. A cambio, le ofrecí las transcripciones de mis charlas. Sonrió con dientes amarillos. Parecía satisfecho. Me besó la mano antes de retirarse.

A Vidal le dedicó el gesto de repulsión habitual. Lo que mi vecino le regresó era una mueca indudable de odio.

—A este cabrón no vamos a quitárnoslo de encima –le explicó al Delegado, quien yacía, abrumado, en el sillón anatómico de su oficina tal y como si fuera víctima de un rayo–. Lo mejor que podemos hacer es que le crea a uno de los nuestros. Allí es donde importa que hable con la Licenciada –arguyó, señalándome.

Nos reunimos en cónclave por la mañana para revisar la primera nota de la cobertura, en la que Joel plasmaba sus impresiones iniciales sobre la situación y la ciudad. Su periódico no era uno de los mayores del país pero tenía una apretada y furiosa corte de seguidores y mucha paciencia para cazar temas que pusieran en el asador al gobierno. Según le habían dicho a Vidal sus contactos de la capital, que eran unos agoreros, se descontaba que el reportero permanecería en Santa Rita por al menos cinco o seis semanas.

—A mí no me creyó un carajo. Nunca va a creerle a un vocero. Pero si lo convencemos de que alguien de nuestro personal es confiable, lo tendremos a la mano de todos modos.

Vidal no había dejado de escudriñarme. Yo, menos impresionable que en otros tiempos, le devolvía la mirada. Cómo temerle si cada noche y madrugada nos mirábamos. El Delegado se concentró en el crucigrama y relegó su angustia por lo publicado al fondo de su interés. Me urgía acorralar a Vidal y obligarlo a que explicara sus planes o, cuando menos, llegar a un acuerdo con él en torno a qué era lo que estábamos haciendo uno con otro. Pero había prioridades.

Desfilaban ya por La Pecera los deudos, que habían llegado a la ciudad para hacerse cargo de los cadáveres y los ancianos y niños sobrevivientes. A pesar de los horrores que habían debido soportar, me parecían afortunados quienes formaban parte de ese puñado porque los repatriarían de inmediato. Los otros, en cambio, deberían comparecer mientras subsistieran las investigaciones y eso podría llevar meses. Vivirían, entretanto, en un albergue provisional, un gimnasio oxidado con catres, neones y algunas regaderas mixtas por toda comodidad.

Yein pasó por la oficina, escoltada. La confinó en el despacho del Delegado un piquete de cuatro o cinco uniformados con camisas de la Procuraduría Federal. Vidal me confió que le mostrarían las fotos de unos sospechosos. Pero Yein diría poco o nada. No tenía esperanza alguna de que a los culpables les tocaran un pelo. La justicia le correspondía realizarla a ella. Era sólo suya.

Aislada para revisar transcripciones y presentar los informes que se me requerían, me coloqué unos audífonos. Música de Vidal.

Me gustaba.

Todo me gustaba.

Salvo lo que no. Salvo lo que me hacía vomitar.

No podía leer sin asquearme de lo que oí, antes, con las tripas encogidas, de boca de los sobrevivientes. Leer me convencía de que podría sucedernos cualquier atrocidad semejante. La siguiente mano quemada podría ser la mía. O la de la niña. Llamé a la escuela, estúpidamente, para que me dijeran que estaba bien, en santa paz. Terminé los informes y reporté, una vez más, que Yein no era peligrosa salvo para sí misma. Deslicé, otra vez, la conveniencia de que le permitieran salir, con todos los permisos de rigor, para hablar conmigo, porque era la única de las sobrevivientes cuya familia no había sido encontrada y le urgía apoyo.

Hice planes. Cambiaban en cuanto se presentaban ante mis ojos. Pero los haría fructificar.

El lunes fue feriado, en memoria de algún añejo héroe o gloriosa batalla perdida, y lo pasé con la niña. La llevé al único parque de Santa Rita. Caminamos por veredas lodosas, tiramos la basura en contenedores desbordados, comimos fritangas locales que nos irritaron el paladar y la lengua, miramos a los nativos deambular con sus hijos, despreocupados. Como si nadie hubiera muerto, como si nadie fuera a morir jamás.

Volvimos a casa, la dejé llamar a su padre y la escuché enumerarle las actividades matutinas. Caminé descalza y me aposenté en la sala, negligente, a escuchar los discos de siempre.

El padre de mi hija nunca escuchó buena música, nada que pudiera hacerme feliz si lo tarareaba. Tampoco es que cooperara con nada más. Lo que le salía bien era llorar porque no la veía lo suficiente, lo que hacía bien era llamar a deshoras y pedir que lo comunicara con ella. No poseía ningún otro talento. Jamás, por ejemplo, habría sido capaz de manejar una oficina. De prensa o de lo que fuera. Sólo quejarse, renegar como un loro por no encontrar empleo en una Universidad de verdad sino apenas en preparatorias rabonas e, incluso contratado por ellas, por no ser tomado jamás en consideración para un ascenso.

En mala hora permití que ese vago pretencioso me descubriera en una fiesta tal como era entonces, prudente y nerviosa como un canario. Ninguna de mis amigas se hubiera permitido un hombre tan nulo. Yo supuse que el hecho de que nuestras salidas consistieran en escucharlo perorar sin pausa y mantenerme silenciosa y solidaria era señal de confianza. Resultó ser una estupidez. Se creyó que estaba allí para hacerle el desayuno, la cama y la vida más simples.

Llevaba un mes contratada en la Conami cuando me embaracé. No recuerdo que cogiéramos demasiadas veces, él y yo, ni que lo disfrutáramos. Decidí tener a la niña sin consultarlo porque me había rehuido durante semanas. Y le puse Irma para demostrarle que era mía, que sería como yo. Asistí a las consultas mensuales del servicio de salud para empleados públicos, lo mismo que a las charlas para madres solteras que nos ofrecían, cada jueves, en la oficina de recursos humanos. Mis padres vivían en otra ciudad y se resignaron desde el principio a que no volvería. Mandaron un poco de dinero y luego, ante la persistencia de mi exilio, se desentendieron.

Miré a la niña leerse por quinta vez el libro que le compré cuando llegamos a Santa Rita, un tomito con decenas de relatos ilustrados. La enseñé a leer a los cuatro años. Desde pequeña pasaba metida entre libros gran parte de la mañana, ganándose la boba admiración de las profesoras. El padre, luego del acuerdo de custodia que acepté firmar ante un juez a cambio de una pensión, la visitaba los sábados por la mañana. Tenía derecho a regresarla el domingo pero salían apenas por dos o tres horas y la traía de vuelta antes de la hora de comer. Como nunca tuve planes y estaba en casa, adelantándome a las labores del lunes, la recibía sin queja. Evitaba confrontarlo con tal de mirarle la cara lo menos posible.

Estudié sociología porque el derecho me resultaba poco atractivo y la filosofía demasiado presuntuosa. Debí contar con más lecturas de las que tuve en la infancia para ser una alumna destacada, pero conseguí calificaciones decorosas.

No me costó emplearme. Aún no recibía el título cuando me presenté al concurso de una plaza en el área de trabajo social de la Conami, institución de la que francamente nunca había escuchado hablar, y fui seleccionada. Por culpa de ello, si se exploraba a fondo la línea de la causa y el efecto, estaba yo allí.

Escuchar música era como abrir la ventana, acomodarse en el quicio y respirar.

Joel Luna estaba ya en el café, garrapateaba sus historias. Con naturalidad, tomé asiento a su mesa; él cerró la libreta. Olía un tanto menos a mugre o el aroma del café lo disimulaba. Resultaba claro que había aprovechado el feriado para hacerse lavar la ropa. La pelambrera de su cara, sin embargo, era la misma, inexpugnable. Me tuteó, sinuoso como siempre. Le expliqué que habían terminado los interrogatorios a los sobrevivientes y sus familiares y la repatriación comenzaría en unos días. Tomó notas, sí, pero chasqueó la lengua con desprecio.

—No me jodas, Irma. No me cuentes eso. Sabes más. Lo que quiero es que me digas quién fue, quiénes fueron. Y si la Conami los conoce y los protege. Y por qué.

Lo miré y me obligué bajar la voz porque el sudamericano había volteado y nos sorbía las palabras detrás de su mostrador. Adiestrada para no ser tomada en cuenta, resentí los dos pares de ojos encima. Cité a Luna en casa, por la tarde, prometí contarle lo que averiguara. Decidí informar a Vidal, también: daba por seguro que me felicitaría por la iniciativa pero querría planear el encuentro.

Vidal. Tan alto y torpe. Le devolví el beso matinal, un segundo más prolongado cada día. Pasamos la reunión entrechocando las rodillas por debajo de la mesa. Inopinadamente, en un receso, se acercó a mi oído y susurró un par de frases. Mi respiración se hizo pesada. Perdí el hilo de la alocución del Delegado.

—Mañana o pasado comenzará la repatriación de los heridos en el albergue –machacaba él–. Los quiero de guardia. Y nada de prensa, Vidalito, no me chingues.

Había decidido contarle a la niña que Vidal era mi amigo. Quería justificar que comenzara a verlo por la casa. Porque iba a comenzar a encontrárselo. Me lo había prometido.

Al terminar la junta lo busqué en su despacho tras los pilares. Le referí el interés de Joel Luna por encontrarse conmigo. Se sobresaltó, la voz se le hizo lenta, pero sólo me instruyó para que lo aburriera y, a la vez, lo retuviera, explicándole con detenimiento todos los detalles ociosos sobre la burocracia del proceso de investigación que se me llegaran a ocurrir.

No tenía intenciones de seguir el plan de Vidal, me parecía que Luna era decente y no estaría de más contar con él para el socorro de Yein. No quedaba más remedio que actuar tal y como ambos esperaban. Le daría a Joel lo que necesitaba y le haría creer a Vidal lo que quería. Y lo que yo quería.

Ordené a la portera que permitiera el paso del periodista y acosté a la niña demasiado temprano, leyéndole un cuento a una velocidad cómica de tan atropellada, para darme un baño antes de que el invitado apareciera. Descubrí, cosa insólita para esa hora, una luz en casa de Vidal. Había cerrado las cortinas. Me entusiasmaba imaginarlo celoso. El agua caliente me recibió sin quejas. No me atreví a escuchar música, aunque lo hubiera querido.

Joel Luna se había perfumado, sus barbas lucían menos hirsutas de lo normal. Me besó la mejilla y lo rechacé. Debí contenerme. Vidal observaba. Le ofrecí agua, él pidió cerveza. Jamás lo habría convidado a compartir mi botella de vino. No quería sentarme toda la noche con él. De pronto me sentía dudosa, atragantada. Decidí posponer la charla. Prometí que, por la mañana, le entregaría informes confidenciales. Y le rogué que se fuera. Luna, titubeante, se vio de regreso en el pasillo antes de que hubieran pasado quince minutos de su llegada. Al salir de los búngalos dio un portazo que resonó como trueno en el patio.

Al día siguiente, el sudamericano me dio la bienvenida al café como si sus ojos no se hubieran posado en mí desde las épocas de una infancia compartida y feliz. Me adjudicó un beso en cada pómulo y me condujo a una mesa que decoró con un florerito. Aunque pedí un expreso, se empeñó en darme un vaso de su orgánico de mierda con las mismas palabras que utilizó para promoverlo en mi primera visita, que desde luego no recordaba. Aseguró que me veía bien y añadió que pareciera llevar toda la vida en la ciudad. Un embaucador. Aproveché los minutos libres para avanzar en la lectura del reportaje sobre centroamericanos y los agobios que les deparaba el país firmado por Joel en el diario de la mañana. Historias espantosas. Como la nuestra.

Al periodista, que apareció al poco rato, le di las anotaciones policiales sobre las bandas de la zona y un archivo con los antecedentes de las agresiones contra migrantes en Santa Rita, incontables como las arenas del mar. Quiso prolongar la charla pero me empiné el café y hui sin una sonrisa.

Quería ver a Vidal. Apenas asomó por la oficina me arrojé a su despacho. Le aseguré que había despistado a Luna con la narración de los doscientos pasos administrativos necesarios para repatriar a un migrante. Más sereno de lo que esperaba, se acarició la barba. Volvió a instruirme sobre las formas de nublar el camino del periodista. Estiró la mano y me hizo una caricia en el mentón, junto a la oreja. Hervíamos.

Yein apareció en mi escritorio por la tarde. Su escolta policial permaneció al fondo de la oficina, acechándoles las piernas a las secretarias. Lucía demacrada. La animé con el dato de que un reportero de la capital estaba haciendo averiguaciones y era probable que obtuviera información sobre los atacantes. Sugerí que lo recibiera en el albergue, le diera una entrevista y buscara encontrarse con él en privado. Si ganaba su confianza, Luna comenzaría a proveerle los datos que necesitaba. Yein asintió, muda. Entendía, pero quizá no había decidido entregarme, después de todo, el dos por ciento de su confianza. Opuso el hecho de que no la dejarían salir.

—Claro que sales. Yo consigo el permiso con Vidal, el que te llevó aquella vez. Es mi amigo.

Mostró los dientes. La noté más flaca que de costumbre y su aspecto de perro costroso se redondeaba porque seguía sin permitir que le arraigara el cabello en las sienes. Se lo hice notar. Le prestaban una rasuradora eléctrica en el albergue, confesó, y se retocaba las áreas peladas día de por medio porque no quería cambiar.

No quería dejar de verse como la mujer que había subido al tren. No podía permitir que otra, diferente, cumpliera su condena.

BIEMPENSANTES

*E*N LA PREPARATORIA YA HAY ALUMNOS QUE SE DETIENEN *a escuchar cómo discutimos. Utilizo los insultos de la Negra como combustible para los hornos de mi rabia y arguyo con una claridad que ya hubiera querido Churchill para su guerrita. Pero mi contrincante se ha preparado mejor que yo para la discusión, leyó no sé qué reportaje en un elocuente periódico opositor para documentarse, me apabulla.*

¿No ves el problema, cabrón? Yo tampoco, porque nunca me voy a cruzar sin pasaporte. Pero hay un puto problema. Millones de nosotros se largan a Estados Unidos. A la vez, cientos de miles en Centroamérica hacen lo mismo. Sólo que para llegar allá, deben atravesar nuestro territorio. Todos somos ilegales en Estados Unidos, pero no todos los viajes de ida son el pinche infierno.

Una de las muchachas del aseo de la preparatoria me contó una buena historia: tenía una amiga excedida de carnes, una puerca, vaya, a la que los chicos de su barrio convencieron de cruzarse. Viajaron en camión a Tijuana. Una vez allí, la llevaron a la punta de un cerro y la ayudaron a saltar el enrejado. Ahora sí: a correr, le dijeron. Ellos huyeron como liebres mientras la gorda apenas lograba dar unas zancadas. La policía del otro lado la atrapó sin apuro mientras sus compañeros escapaban. Gracias al cebo, que era lo que se esperaba que ocurriera desde un principio. El suplicio de la mujer continuó, porque se aferraba a la idea de llegar a ser toda una sirvienta en California. Fue deportada, pero se quedó en el área y logró emplearse en Tijuana, reunió dinero, contactó a unos tipos que tenían fama de vender tours a través de las alcantarillas para cruzar al otro lado. Tomaron su dinero, la citaron a la entrada del sistema municipal de cloacas, la hicieron vestir un traje de plástico transparente que la hacía verse como un aguacate empaquetado y le dieron vueltas durante horas por cañerías llenas de mierda, pobladas por ratas y cucarachas. Cuando se aburrieron del juego, la abandonaron a unas calles de donde había comenzado el viaje. No se desanimó la chica y consiguió, luego de reunir nuevos ahorros a costa de meses y meses de trabajo, cruzar oculta en la caja de un tráiler repleto de paquetes, sin duda equívocos, que la guardia fronteriza eligió no revisar. Una historia de triunfo, como se ve. Ahora la gorda es sirvienta en Santa Bárbara, ha tenido cría con dos de sus patrones americanos y pronuncia sin titubeos "Yes, we can".

No es, el nuestro, un país quisquilloso al respecto de la suerte de sus ciudadanos. Algunos de ellos mueren ahogados, deshidratados o incluso a tiros en sus intentos de cruce. Pero varios millones han atravesado el aro de fuego y viven y medran allá, así que se da por sentado que el peligro no es para tanto. El mexicano promedio cavila que eso sucede por andar metiéndose a donde nadie los llamó. A Disneylandia hay que peregrinar por lo menos una vez en la vida, puta madre y nadie puede llamarse mexicano a sí mismo si no ha ido a partirse la jeta para entrar a los outlets del sur de California, pero todo eso, amigos míos, se hace con la debida visa, llegando en avión, poniéndoles a los gringos cara de yo no soy como piensas, carnal, yo trabajo, me baño y mira nada más los pelos rubios de mis hijas.

Para los centroamericanos, me responde mi rival, es dife-
rente, porque llegar al punto de entrada al otro lado significa
atravesar primero los siete círculos del infierno mexicano, mira,
checa, chequen, y se pone a leer el texto que un pendejo llama-
do Joel Luna, corresponsal, escribió en el culo del mundo, la
puta Santa Rita de mis pesares.

"Primer círculo: serás robado por los polleros que te cruzan la frontera en el tren. A tu mujer deberán inyectar-
le sustancias anticonceptivas antes de abordar el vagón,
porque la posibilidad de que sea violada es más alta que
la de conseguir algo fresco para comer.

Segundo círculo: deberás viajar en lo alto de un tren
aferrándote como puedas (caer significa convertirte en
unos de esos mochos que se quedaron sin dedos o piernas o brazos por quedarse dormidos en lo alto de los vagones y rodar y que no sirven para otra cosa que pedir
caridades en la urbanización más cercana a su accidente). Una alternativa: ser embalado junto con otros cien
en un vagón de carga sin aire corriente y confiar en que
nadie sospeche, nadie escape y las compuertas vuelvan a
abrirse antes de que llegue la muerte por sofocación.

Tercer círculo: aunque has pagado para que se te pro-
porcionen agua y comida, éstos te serán regateados o
sencillamente no llegarán a tus manos en las cantidades
mínimas requeridas. Y cómo protestar si los encargados
van armados y trabajan mano a mano con policías y agentes de la Conami.

Cuarto círculo: dado que los polleros, acabo de decir,
van armados y trabajan de mutuo acuerdo con la policía
y la Conami a lo largo y ancho de todo México, tú y tu culo

(generalmente el de tu mujer, pero nunca puedes saberlo) les pertenecen. Si protestas o escapas o si deciden secuestrarte y no tienes para el rescate te perseguirán, dispararán, torturarán, te meterán cosas por la boca y el recto y tendrás suerte si no terminas en una zanja colectiva en las afueras de sepa dónde chingadas madres.

Quinto círculo: si lograste subir al tren y avanzar por el país sin necesidad de polleros, valiéndote de tus propios medios, deberás estar consciente de que ellos van armados y trabajan en connivencia etcétera... Y te delatarán, perseguirán, tirotearán, secuestrarán, torturarán y demás encantos del menú a menos que seas un ninja o el hombre invisible. No les gusta la competencia ni los pone cómodos la posibilidad de que se extienda por aquí o allá la idea de que no se les necesita.

Sexto círculo: la ayuda con la que puedes contar en México se reduce a la de unos pocos curitas heroicos, cinco o seis oenegés más o menos inhábiles y la imprevista caridad de la gente de a pie (aún existen buenas señoras que les reparten plátanos oxidados o tortillas rancias a los que tocan a su puerta). Pero la experiencia indica que es más fácil que te socorra el integrante de un grupo radical del white power de Arizona a que lo haga un mexicano común y corriente, quizá no demasiado diferente de ti. Será que a ellos tampoco les gusta la competencia.

Séptimo círculo: incluso si consigues escapar de todos los depredadores y no mueres de hambre o sed, incluso si nadie te viola o golpea o amenaza o secuestra, tortura, tirotea y arroja a una zanja, aún debes planear la manera en la que entrarás a Estados Unidos, porque los mismos mexicanos que han sembrado de espantos tu camino controlan todas las rutas de acceso.

Una vez allá, felicidades. Respira hondo: el horror ya corre por cuenta de los gringos."

Todos unos filósofos, pues.
Le aplauden.
Como siempre, soy vencido.

Negra

JOEL LUNA ME ALCANZÓ A LA CARRERA, LANZÁNDOSE como un perro ciego por entre los automóviles. Resoplaba. Me tomó del brazo con dulzura de amante, arañó mi mejilla al besarme. Había pasado tres estériles mañanas en las oficinas de la policía. No comprendía el sentido de que me recitara a media calle sus pocos avances, como si fuera su editora, pero le permití escoltarme a casa y envié a la portera por cerveza para tenerlo cómodo. La niña le dedicó una mirada poco animada cuando lo encontró en la sala. Vidal era, desde luego, una criatura mucho más vistosa para tener allí. Decidí que si me preguntaba quién era el ocupante del sofá le hablaría sólo de su oficio y reservaría el calificativo de amigo para mejores circunstancias.

—¿Cuándo vas a llevarme con la chica del albergue? —escupió Luna apenas posadas las nalgas en el sofá.

Era evidente que su historia requería mejores elementos y le urgía obtenerlos. Lo tranquilicé como pude, esperé a que se hastiara de mis monosílabos, bebiera las cervezas y anunciara su partida. Me tomó tibiamente de las manos al despedirse.

—Yo sé que asusta, esto. Pero vas a ver que sale, Irmita. Ya tengo una idea de dónde buscar fuentes, pero consígueme a tu amiga, me urge. Vas a ver que funciona.

No me hacían falta sus seguridades.

Vidal escuchó la narración expurgada de su visita con menos sabiduría mística que antes, conteniéndose apenas. Se tomaba el puente de la nariz con los dedos, respiraba por la boca. Había debido quedarse tarde en la oficina releyéndole un nuevo boletín sobre el caso al Delegado y se había topado con Joel en la puerta del edificio. Enfureció. Su preocupación mayor era que el periodista supiera más de lo que aparentaba, decía. O que estuviera interesándome, quise adivinar.

—No le dijeron nada en la policía. Lo que hay que hacer es sacarlo de allí, que deje de olernos el culo y se regrese al rastro de los polleros –gruñía él.

La boca me sabía a café, había liquidado cinco tazas a lo largo del día y latían en mi frente y nuca. Era el momento apropiado para mover una pieza.

—Hay que dejar que se entreviste con los sobrevivientes. Con Yein, por ejemplo, que tiene un caso tan dramático. Que deje de mirar para este lado.

Vidal clavó la mirada en el mosaico. Entrelazó los dedos. Quizá consideraba mi idea o planeaba arrastrar al periodista a las afueras de la ciudad y darle de golpes hasta que se olvidara del orden de sus propios apellidos.

—Chance. Pero tiene que saberlo el Delegado.

Ese mínimo triunfo bastó para componerme el humor. Le ofrecí una cena rápida apenas recostara a la niña. Me divirtió su aceptación: hundido en el sillón, dócil como un niño que obedece a la abuela.

—De hecho, es buena idea conseguirle pinchemil entrevistas –se convencía–. Cualquiera que hable fuera de la oficina, le va a agrandar el mundo hasta el infinito. De aquí a que piense de nuevo en nosotros, ya pasó un año.

Sonreía como un lobo. Fuimos, sin embargo, tímidos o ineptos para llegar más lejos. Me ayudó a cocinar unas quesadillas, sirvió la mesa mientras machacaba unos tomates para hacer una salsa que salió insípida. Comimos en un silencio apenas tropezado por toses o comentarios incoherentes. Era claro que deseaba irse a su ventana. Yo, en el fondo, también estaría más serena en el fondo de la tina. Sabiéndolo cerca pero al otro lado del patio.

Puse música apenas salió –unas buenas noches sin beso de por medio– y coloqué la bocina cerca de la ventana, para que oyera.

Un sueño lento.

El sudamericano había pasado de la indiferencia a la ternura, cada mañana más obsequioso. Se refería a mi pedido, cualquiera que fuera, como "lo de siempre" con un dejo de confianza que me crispaba. A Joel lo saludó, aquella mañana, con un abrazo cálido y antinatural. Alarmaba, su afecto.

Luna se pavoneaba. Refirió a borbotones que la noche anterior, en la cantina más sucia de Santa Rita, una bodega pulgosa llamada El Pescado, había trabado contacto con un muchachito de unos veinte años a quien las prostitutas del sitio apodaban el Morro. Un mesero le indicó que se le reputaba como el heraldo de la Sur, una de las bandas de traficantes de carne humana en la región. Había resultado ser un tipo elocuente, el Morro. Condescendió a narrarle algunas tropelías de su grupo a cambio de un par de billetitos para cocaína y todos los tragos que se le antojaran mientras durara la perorata. Lo único que no aceptó fue ser retratado. Luna, luego del encuentro, entendía la entrevista con Yein como indispensable. Un golpe de suerte. Para todos.

El Delegado debió ser mentalmente preparado durante cuatro días para escuchar que permitiríamos que la entrevistaran sin que le sobreviniera el colapso. Vidal era un artista del embuste: para justificarnos, improvisó la confesión de una supuesta charla confidencial con el vocero de la policía en la que éste nos había solicitado auxilio para alejar a Joel.

Le comuniqué a Luna que se le esperaba en el albergue el lunes a primera hora. Empuñó las manos en señal de victoria. Llamó a su editor para informarle, aceptó sus felicitaciones con una media sonrisa de vanagloria que me golpeó el estómago: eran mis maquinaciones y las habilidades de Vidal las que le habían franqueado la puerta, no su genio periodístico.

La mirada del sudamericano vacilaba entre mis labios y el manoteo del reportero. No la retiraba cuando se la replicaba con ojos inquisitivos sino que sonreía. El talento de ciertos tipos para la prostitución siempre me asombró.

Yein no usaba libreta ni tenía a mano agenda o cuaderno que pudiera contener los datos que requería. Deberíamos atenernos, ella y yo, a su memoria. Pero pulida por el rencor, aguzada por el odio, resultaba más fiable de lo que cualquiera supondría. Le transmití la descripción general del Morro que me había proporcionado Joel, así como los pormenores de su historia y a los pocos minutos los repetía como si los llevara tatuados en el antebrazo.

Las bandas, había establecido el Morro, compraban cargas de migrantes a los polleros que los cruzaban desde Centroamérica apenas entraban al país. Otras veces se hacían cargo de los contratos para perseguir y deshacerse de quienes escapaban. La línea que separaba a esos grupos de las policías locales, según los dichos del Morro, era muy porosa.

—¿Y si lo buscamos, al comemierda? Todas las viejas se le acercan.

Yein lo decía en serio. Pero la escena de una chica mofletuda, los costados de la cabeza al rape, sentada en las rodillas del matón, resultaba inverosímil. Esos tipos buscaban mujeres de tetas gigantes para estrujarlas y cacarear. Para esas tetas, montañosas, neumáticas, vivían y morían, no para mujeres como nosotras.

Le entregué los periódicos con las notas y crónicas de Joel. Le recomendé que las leyera y preparara la entrevista: el reportero podía resultar todo lo cándido que se quisiera (Vidal se aferraba a devaluarlo como tal, quizá para no sospechar de sus intenciones al visitarme y hacerse el encontradizo en las calles y el café) pero no era idiota.

Debí darle unos legajos de papeles a Yein, copias sin interés de sus declaraciones oficiales, para que los guardias del albergue se ocuparan de revisarlos a escondidas y le dejaran los periódicos en paz.

El sabor del café me parecía más dulce de lo habitual. Sospechoso. Lo que alcanzaba mi vista, lo que tocaban mis manos, lo que caía en mis oídos, se había vuelto una amenaza sin centro, extremos ni fin.

EL MORRO

SE NIEGA A DECIR SU NOMBRE PERO CONFIESA QUE el principal de sus apodos es el Morro. Tiene veinte años pero parece de quince. Usa sombrero texano, camisa con grecas de colores y unas botas de cuero de puntera larguísima. A primera vista podría parecer otro de los tantos jovencitos que se cuelan a los bares y cantinas de Santa Rita. Sólo que éste reivindica muertes y se atreve incluso a sacarse la pistola del fajo y colocarla sobre la mesa, junto a sus cigarros, mientras habla.

—¿Jefe? No mames. Acá no viene el jefe. Si vieras al jefe no te la creerías. Este, mi cabrón, es un bar de putas baratonas.

El Morro dice ser nada más un soldado, aunque insiste en que tiene la confianza de sus superiores y se le encargan tareas de importancia. Ríe cuando se le pregunta si se dedica al narcotráfico.

—Ni madres, ni madres. Acá no es ruta de eso. La que llega es para chingársela uno.

Él lleva consigo un sobrecito de coca, dice, no para consumo propio, sino para "convidar a las muchachas". De otro modo, explica, hay que pagarles para que se dejen toquetear.

El negocio en que el Morro trabaja no es otro que pastorear a los migrantes que llegan por tren desde Centroamérica.

Se los compran a los polleros del sur. A veces se limitan a cobrarles un dinero adicional por permitirles el paso o venderles un poco de agua y comida. Otras, si el grupo es grande y parece que se le puede sacar más, lo secuestran. Consiguen rescate de algunos, a otros los ponen a trabajar como "pescadores" de otros infortunados como ellos o, directamente, como delatores. Si uno respinga, tan sencillo como que lo matan. Lo mismo para los que escapan.

Sin embargo, el Morro asienta que su grupo sólo "le saca raja" a la situación y niega que existan zanjas o fosas comunes llenas de cadáveres en las afueras de Santa Rita, al menos por lo que sabe.

—Si los matas no dan *bisne*. Nos chingamos algunos pero no tantos. Son más cabrones ya más arriba, al norte. Allá se los putean de todas todas.

Se hace el esquivo cuando se le cuestiona sobre las muertes que vindica para su prestigio. Ni siquiera aclara si son de migrantes o de integrantes de grupos rivales. Porque la competencia es ruda y son muchos quienes tratan de sacarle provecho al perpetuo caudal humano que fluye por las vías.

—Están Los Rojos, que son unos putos hijos de la chingada bien manchados, pero más al sur. Ellos los traen. Están Las Piolas, que son como más ladrones y quiebran a la gente, ellos no mueven banda, sólo la chingan. Yo soy de La Sur, que es la neta acá.

La Sur, según fuentes de la Conami y la policía local, es un grupo más o menos inestable y no excesivamente violento para los estándares vigentes, pero que controla buena parte del tráfico humano en la zona. Al líder nadie lo conoce o se atreve a identificarlo.

¿Fue La Sur responsable del ataque contra el albergue "Batalla de la Angostura" que costó la vida de decenas de migrantes y causó quemaduras graves a decenas más? El Morro vacía la cerveza y se pide un Jack Daniels con agua antes de lavarse las manos.

—¿Y como para qué quieres saber?

Y, sin embargo, la muchacha que tiene sentada en las rodillas y que ha permanecido en silencio durante la charla, bebiendo otros Jack Daniels a buena velocidad y dejándose amasar los pechos, se ríe.

—Ay, pinche bato culero.

Tampoco parece tener más de quince.

La Negra

—**P**INCHE LUNITA, SE VA A GANAR EL PULITZER —Vidal se había quejado toda la mañana como si llevara herido el paladar y había enrollado el periódico y lo utilizaba de matamoscas para que los compañeros de la oficina dejaran de pedírselo.

La niña había pasado una noche terrible por la fiebre y el calor de Santa Rita, seco y fúnebre, no ayudaba a su mejoría. Llegué una hora tarde a la oficina, sin pasar antes por el café, y me encontré a mi vecino (mi amigo, quise escribir), esperándome, rabioso.

Se interesó por la niña y conversamos sobre la fiebre y sus remedios durante quince minutos antes de que me situara el periódico en las manos.

—La nota del matón ya era una mamada. La de hoy es la cagada total. ¿Tú habrías escrito que Yein es una "belleza indígena"?

Menos informativa que la entrevista con el Morro, la nota sobre la sobreviviente había resultado, en realidad, inocua: el típico retrato de la víctima inerme que despliega la prensa. Si las reses, los puercos, las gallinas y los patos hablaran, dirían lo que Yein ante la grabadora: no supe, no pude, no quise, no. Era de esperarse, sin embargo, que hubieran intercambiado, Luna y ella, información más útil que la publicada.

El Delegado parecía aliviado. Nos citó en La Pecera y se extendió en la alabanza de las estrategias de Vidal y del modo en que, a la vez, había cumplido con la policía y la sociedad a la que servíamos al desviar al reportero del rastro. Vidal me puso la mano sobre el muslo, con la otra hacía rayajos en la libreta. No me miraba. Entrelazamos un par de dedos. Me hacía sentir tan bien.

—Es posible que el Comisionado Presidente vuelva para la presentación del informe de avances, Vidalito. Los de Difusión en la capital están haciendo un sondeo en los medios para tantear el interés. Ojalá les valga madre.

Era su esperanza: el olvido. Su plan de trabajo para el año incluía la remodelación de la oficina, la renovación de las camionetas de la Delegación –el parque vehicular, según expresión oficial–, la articulación de un programa de visitas guiadas a los albergues para los niños de las primarias. El ataque y la investigación se le entrometieron en la vida como una calentura y un diagnóstico de herpes que era necesario desterrar.

Quizá volvería la paz, ahora que los centroamericanos comenzaban a ser repatriados, la indagación se eternizaba en los escritorios de la policía y se desdibujaba ante la prensa. El Delegado se había dado la orden a sí mismo de tomar quince días de vacaciones pagadas en Los Ángeles (bendita Disneylandia) para superar el percance.

Pero no iba a resultarle tan fácil.

La recepcionista estrábica se deslizó a La Pecera con expedito meneo de caderas y se encaramó en su hombro. El Delegado respingó como si le hubiera colado la punta de la lengua al oído interno.

—Puta. Puta madre.

Ocultó la cabeza entre los brazos.

La recepcionista giró hacia nosotros con maneras de edecán. Podría jurar que sonrió.

—Unos cabrones se metieron en el albergue y mataron a una viejita, la de la pierna jodida.

Vidal dejó de rayar. Bufó.

Lo mandaron a escribir el boletín de prensa.

Versión oficial 2

CONDENA CONAMI NUEVO ATAQUE CONTRA CENTROAMERICANOS
Y PROMETE REDOBLAR ESFUERZOS PARA APOYAR
LAS INDAGACIONES

La Comisión Nacional de Migración (Conami) expresa su más enérgico repudio a la agresión en contra de migrantes originarios de diversos países centroamericanos, hospedados en el albergue provisional "Plan de Ayala", dependiente de la Conami, en la ciudad de Santa Rita, Sta. Rita, realizada por sujetos desconocidos y verificada la mañana del 4 de febrero próximo pasado, con saldo de una persona fallecida.

Asimismo, ratifica su compromiso inalterable de proteger y salvaguardar los derechos humanos de toda persona, especialmente las familias que transiten por territorio mexicano, al margen de su condición migratoria, y su voluntad de redoblar esfuerzos para colaborar con las autoridades policiales y judiciales pertinentes en las indagatorias de lo acontecido.

Los hechos acaecieron entre las 11:15 y las 11:30 horas, cuando dos sujetos enmascarados sometieron al personal de guardia en el albergue provisional "Plan de Ayala", para posteriormente ingresar al área de asilo y abrir fuego contra quienes se encontraban allí, resultando herida por arma de fuego en el parietal derecho, los brazos, el abdomen y la pelvis la señora Matilda Ursúa López, de 73 años de edad, natural de San Salvador, El Salvador. La referida expiró cuando era trasladada a la Unidad de Urgencia del Sanatorio municipal de Santa Rita.

Personal de la Conami atenderá oportunamente las necesidades de los deudos que respondan por la fallecida, así como las de los 48 migrantes que aún se encuentran asilados en el albergue provisional "Plan de Ayala" tras el ataque en el que resultó incendiado el albergue "Batalla de la Angostura" en diciembre del año próximo pasado.

Santa Rita, Sta. Rita, a 5 de febrero
Dirección de Prensa, Difusión y Vinculación
Comisión Nacional de Migración

Más Negra

YEIN, SENTADA EN EL CATRE, ABRAZABA LA CHAMARRA con el logotipo de la Conami bordado que se le había proporcionado como cobija suplementaria. Sin llanto en los mofletes, su boca era una línea apenas quebrada en las comisuras. La punta de un diente le asomaba. Se agitaba hacia adelante y atrás como una mecedora.

No me diría nada mientras estuviéramos allí, así que solicité que prepararan la torre de papeles que debería firmar para que se le permitiera la salida. Yein, de nuevo pétrea, esperaba.

Según explicaban los trabajadores de la Conami encargados de la puerta, con la repentina sabiduría que asalta a los testigos de un crimen, una camioneta se había detenido frente al asilo apenas pasadas las once de la mañana. Dos tipos con pasamontañas de colorines bajaron. Un tercero, el chofer, permaneció al volante.

Sometieron a los guardias de la entrada (un par de hombres ventrudos, el cabello ralo y los bigotes erizados, a quienes luego hubo que socorrer con oxígeno), mediante el simple procedimiento de apuntarles con una pistola. Ambos se arrodillaron antes de arrojarse al suelo; allí permanecieron en posición fetal sin necesidad de otros amagos.

Los tipos entraron al área de los catres. No dudaron en abrir fuego contra el camastro en el que yacía Matilda, una mujer ya mayor a quien el incendio del albergue le había costado una pierna. En el lugar en que su cuerpo se derrumbó había un charco negro. Junto a la sangre, impregnándose, ardían dos o tres velas y se ahumaba la imagen de un santo. Evocaciones inútiles de cielo y fuego. ¿Era Matilda una infiltrada y alguna falla o desliz le había ganado el fusilamiento? Ninguno, entre el medio centenar de habitantes del gimnasio, nos lo diría. La policía había subido a sus camionetas a cinco o seis centroamericanos, al azar, invocándolos como testigos y se los había llevado.

Yein estaba en las regaderas cuando se produjo el tiroteo. Cuando Vidal y yo la sacamos de allí repetía, no sé si convencida o delirante.

—No vi, no vi nada.

Por la mañana escapó del albergue provisional.

Huida

UNA MUJER CORRE POR LA HIERBA DE LA COLINA, tropezándose cada pocos pasos en los quiebros de roca, pero sin abandonarse a la caída. No quiere permitírselo. Necesita encontrar una cueva, algún lugar donde ocultarse, serenarse y planear su regreso. Está aterrada pero el cansancio casi la somete. El sol ha conseguido agobiarla bajo sus pies. Cuando baja por las faldas de la elevación, aparecen en el horizonte unos perros flacos, jadeantes, que olfatean y aúllan.

La mujer avanza por el llano encharcado. Las piernas se le hunden hasta los tobillos a cada lento paso y resurgen del lodo más débiles. El sol araña sus ojos, le sofoca el pecho. Los perros bajan al trote, en silencio enemigo, presienten que no deberán esforzarse para cobrar la pieza.

Ha caído, al fin, y lucha por avanzar sobre rodillas y codos, agachada como un conejo. No teme: el temor alimenta la esperanza. Sabe que los perros van a alcanzarla. No los odia. Resopla y obstinadamente se arrastra y chapotea, incesante como un gusano.

Oscuro, en la cima, el hombre del rifle azuza a los animales. Una gorra con el logotipo de un equipo de beisbol lo preserva del sol. Lleva un tatuaje en el brazo. Los conocedores dirían que la marca lo identifica como parte de Los Rojos. Se da el tiempo de encender un cigarro.

El disparo lo sorprende en medio de una calada. El cigarro se le cae al piso cuando ve desplomarse al primero de sus perros. La mujer no tiene oídos para notarlo; apenas conserva fuerzas para debatirse entre matorrales que le rasguñan la cara. Caen cuatro animales antes de que el hombre del rifle comprenda que él mismo peligra y comience a llamar a voces a los sobrevivientes, como si una vez reunidos su vida estuviera protegida. El chasquido de otro disparo anuncia su error. Cae y rueda por la hierba, colina abajo, una figura diminuta que ha perdido el equilibrio. Uno de los perros corre despavorido hacia el amo, pero apenas lo dejan avanzar unos pocos metros. El otro permanece junto a los cuerpos de sus compañeros, incólume, hasta ser derribado.

El hombre ha perdido rifle y gorra y yace bocabajo, a mitad de la colina, enganchado en un espino. Un manchón oscuro en mitad de la espalda.

El Morro alcanza el cadáver en pocas zancadas. Le da vuelta con el pie, desdeñoso. Es uno de los Rojos. Vuelve a dispararle, ahora en la cara.

Nadie se queda las presas.

Nadie las cobra por él.

Yein alcanza a verle la cara, a la distancia.

A la mierda la cueva, se dice.

Se arrastra, escapa de vuelta a Santa Rita.

NEGRITA

VOMITÉ LA CENA. ME RESISTÍ A LA BAÑERA. CUANDO acosté a la niña, que esa noche no habló un solo minuto con su padre, permanecí en la sala del búngalo, sola, bebiendo, el teléfono en las piernas. No tenía idea alguna de dónde carajo podría haberse escondido Yein, si es que no la habían capturado ya. Quizá sólo le habían disparado a la pobre vieja para desviar la atención y era ella el objetivo. Mordí el borde húmedo del vaso, el vino me amargó la lengua. ¿Por qué perseguiría alguien a Yein, cuyos planes solamente me había dejado entrever a mí? En lo que concernía a los asesinos del albergue, era una muchachita rapada, sucia, flaca, con el marido muerto y ya.

Vidal se acercó al búngalo en la madrugada, me ofreció un cigarro. Tosí, incapaz de fumarlo. Arqueó las cejas. Le serví un vaso de vino para asegurar que me acompañara. Le referí cien detalles sobre la época de mi embarazo, mis problemas con el padre de la niña, las vacaciones frustradas por el incendio del albergue. No quería hablar de Yein, aquella angustia me pertenecía exclusivamente. Le hablé de la luna reflejada en la cara de mi niña, mientras dormía, que la hacía ver hermosa y me orillaba a llorar. Nos llamábamos igual las dos. Él comenzó a masajearme los pies. En silencio.

Podía ser muy callado. El segundo vaso y mi silencio lo invitaron a hablar.

Vidal no era de Santa Rita ni del sur. Estudió en la capital. Su suerte fue mejor que la mía: beca en la Universidad, un puesto tan bien pagado que pudo pagar su casa en cuatro años y ahorrarse quince de intereses. Se casó y tuvo un hijo, incluso. Pero el trabajo se convirtió en una carga, la esposa le suplicó dejarlo y él se negó. Siempre pensó como un empleado del gobierno, en función de lo que le ordenaran.

Se pasó el trago, luego de paladearlo, con un curioso movimiento de pelícano. Había terminado por separarse en tan malos términos de la mujer que no lo dejaba ver al hijo. Y como ella era parte de una familia cercana al corazón de los altos señores de la república, Vidal fue exiliado a Santa Rita, tan lejos del poder como pudieron enviarlo para que, en lo posible, jamás regresara. Cada navidad le permitían hablar por teléfono con el niño, que había crecido lejos de su padre hasta el punto de casi olvidarlo. Él le enviaba regalos pero cómo saber si le llegaban a las manos.

Agotamos el vino. Éramos infortunados. Pero yo tenía a mi niña, al menos, a doce metros de distancia, en su cama, brillante bajo la luna. Vidal se sopló los rastros de sudor en la frente pero no parecía a punto de llorar. Lo agradecí. Hubiera sido ridículo que terminara consolándolo.

Lo llevé a la recámara, nos besamos. Escapé de su abrazo para certificar que la puerta de la niña estuviera cerrada. Lo estaba. Volví. Se había descalzado. Nos quitamos la ropa por separado, cada cual en una orilla de la cama, como un matrimonio antiguo. Se me echó encima. Tenía el cuerpo cubierto por una cerrada capa de pelo. Una especie de perro grande o de simio.

Imaginé: Yein golpeada, amordazada, los labios reventados a golpes. Me escabullí. Sentada en la cama, abrazándome las rodillas, lo miré. Vidal se cubrió con la manta. Parecía divertido. Quería acostarme con él, pero no podía divertirme y procurarme un poco de placer mientras a Yein le sacaban las tripas. No le expliqué. No hablé. Lo abracé, almohadón de por medio, le acaricié la barba y el pecho. Me alcanzó un cigarro. Se quedó allí, como una mascota.

Pasada la media noche, saltó su teléfono. El timbre, idéntico al mío, me horrorizó por un segundo. El aparato saltaba en sus pantalones, solícitamente doblados sobre una silla. Me aparté.

—Contesta.

Lo que fuera que le decían me involucraba, volteó de inmediato a mirarme. Debía ser Yein. Un dolor agudo, una sombra de hernia en las tripas.

—Bien. Gracias por llamar.

Devolvió el aparato a sus pantalones. Agazapada, esperaba noticias. Las peores. Vidal se rascó la barba.

—Volvió Yein. La encontraron hace media hora en un banco de la plaza. El médico dice que está asustada pero no tiene nada. Magulladuras. Un tobillo torcido.

Levanté las manos, las llevé a mi cabeza. Aliviada, temerosa. Por Yein, por mí y la niña. Debía disimular. Dije que menos mal, volví al tema del albergue.

Vidal trajo otra botella de la cocina. Bebimos.

La culpa me freía el abdomen. Debí ser quien saliera a la calle en su búsqueda, quien diera con ella y la confortara. Pero hacerlo habría puesto en alerta a quien la amenazaba, lo habría llevado a mis puertas y ventanas. No podía ayudar a Yein si me mataban. No podía arriesgar a mi niña.

Estaba tocándome.

Lo dejé hacerlo.

Biempensante

NADIE ME ESCUCHA, PERO IGUAL LO DIGO. HAY demasiados muertos aquí para preocuparse por los carroñas centroamericanos. Demasiados desaparecidos, igualitos a los otros, morenos panzones jodidos, pero nuestros, y tantos como para ocuparse seriamente de los otros. O no. Cien mil muertos tenemos, medio con nombre medio con apellido, más los que jamás aparecieron, los que hicieron pozole o echaron a una zanja cubierta, a los que perros y cerdos y bichos les tragaron hasta los pelos. Y ya que estamos en los perros: desde que la Negra se fue tengo uno, el Rafa, y paso buena parte de la mañana, mientras preparo clases y corrijo trabajos, rascándole buche y lomo al cabrón. Se queda quietecito a mis pies. Y los centroamericanos, supongo que son ellos, tocan la puerta, se cuelgan del timbre, mientras rasco al Rafa, que sus orejas, que su testa (rascatesta, sí, yo lo pensé primero). Y no me asomo ni a la ventana porque no quiero que me conozcan la jeta, no pienso darles un peso, ya les di los juguetes que compré para la niña en navidad y que la puta Negra de mierda me aventó a la cara, también los suéteres que le tejió mi madre y que tuve que fingir que había aceptado por tratarse de ella, cuando la Negra la detestaba tanto o más que a mí.

La puta madre. Harto de que toquen la puerta. La puta puerta.

Lo hacen desde que el primer rayo escuálido de sol lame las ventanas, esqueléticos ellos mismos, y no dejan de hacerlo sino por la noche. Mientras doy clases tocan, supongo porque no los veo, pero presiento que lo hacen y temo que el silencio los aliente a colarse a mi casa. Y si estoy adentro no me dejan leer o comer, no los acalla el televisor, irrumpen con sus golpes en mi cabeza incluso mientras me masturbo. Piden agua, comida, monedas, ropa, zapatos, como si hubiera obligación de proporcionarles lo que ellos mismos no pudieron obtener. A veces los acompañan jaurías de niños sucios, de ojos vacíos, pero generalmente son hombres solos o parejas o grupos de mujeres, prietos todos, garras en vez de manos y con ellas, costrosas en cada dedo y cada tendón, tocan mi puerta. Si paseo al perro me los topo en la calle, me hablan como si nos conociéramos y piden dinero, carajo, cuarenta horas a la semana de ciencia política y análisis situacional para preparatorianos pendejos me cuesta ¿y se los voy a dar? Ya mero. Eso me pasa por tener la puerta y la casa tan cerca del ferrocarril. El puto tren que ya no transporta un solo mexicano, los de pasajeros desaparecieron hace tanto tiempo como los dinosaurios, pero a ellos no les importa y llegan con la carga. Pura carga. Uno, al que le falta una oreja, no sé si porque su madre no se tomó el ácido fólico o porque se la cortaron por el camino, mira los apéndices sanos y limpios de mi perro y bromea: el perrito con tanta oreja y yo sin una. Y extiende la mano como si mi risa equivaliera a una hora de Hobbes para chamacos idiotas. Otro me corta el paso en plena banqueta y no se deja rodear: deme lo que traiga, jefecito, mire que no es robo, es ruego, hace dos días que no como. En dos días tengo que dar ocho horas de clases a ocho grupos diferentes, en ocho días miro las tetas de ciento sesenta jovencitas que no podré tocar nunca pero ellos pueden cortarme el paso y tocar mi puerta. Hablo con mi hija por teléfono cada dos o tres días y eso pareciera excitarlos porque no dejan de joder con la puerta justo cuando hablo y mi niña tiene la voz bajita como su madre (y se llama como ella, aunque yo hubiera querido que le pusieran algo mejor que Irma, algo como Jenny o Elizabeth) y dice poco o nada y debo cazarle las palabras como un puto sordo y qué jodido es que, entretanto, retumbe la puerta, se cimbren los vidrios, aúlle en reciprocidad el perro. Más largas que las del perro se me han hecho las orejas por escucharlos, hijos de puta, que no tienen al parecer más esperanza para saciarse el hambre que mi ayuda. Otros son más orgullosos o listos y no piden, sino se ofrecen para trabajos caseros. Le limpio el coche, le barro la cochera, le corto el pasto, hermanito, soy jardinero, nomás deme un cuchillo y se lo dejo nuevo, podado. Ya me veo dándoles las llaves del auto, de por sí viejo y asmático, para ver si me lo roban. Mi banqueta está cuajada de hojas y no pienso barrerlas. Que se las lleve el aire. Cuarenta horas de Hobbes y Maquiavelo y hasta don Carlitos Marx no doy para estar barriendo las calles como una sirvienta. Pero tampoco quiero pagarles por trabajar, que les den trabajo los gringos ¿no es lo que quieren? Ellos son los putos sebosos que no saben lavar la carrocería de un auto. Que ellos paguen, les abran la puerta y les den sus llaves, que les entreguen a sus hijos y su dinero. Mi puerta no se abre, putitos, bastante tengo encima conmigo mismo, bastante me cuesta la pensión alimenticia de la niña cuando la pago, ya me gasté el poquito dinero que gano en un viaje pendejo a Disney que ni se hizo, bastante sufro por esta casa que me dejó mi padre, tan cerca de las vías del tren que la confundieron con estación. La única herencia que recibí, la casa, además de un reloj de pulsera con la bandera de México que mi viejito recibió por sus treinta años como profesor. Yo no llevo ni diez y detesto el empleo, pero reverencio el reloj *y la casa. La casa donde vivo, la que atestigua cómo me rompe el esfuerzo de volver cada mañana, como un gato con hambre, a la puta escuela. Todo para que mi niña no pase conmigo ni un día porque su puta madre es tan digna que tiene que salvar al pinche mundo. En fin. Todo esto debe ser porque me duele la cabeza, es tarde, hace una hora quizá que no viene uno de ellos a pedir, quizá los trenes comiencen a llegar vacíos un día, quizá terminen por mudarse todos al Gringo y dejen en paz mi puerta y mis banquetas. Ya mero. Y quizá la Negra llegué un día con el rabo entre las patas y me regrese a mi niña y el dinerito que se quemó en ese viaje de porquería y me deje a mi pequeña Irma y se largue, ahora sí. Pero no. Así no pasa. Me destapo una cerveza, trato de perderme en un libro, la cruda novela sobre la realidad nacional que tantos espíritus sensibles ha conmovido, el mexicano valiente que finalmente estalla y grita: ¡mi madre era una puta, mi padre un violador! Paso las páginas, bien peinadas, no encuentro nada. Hace mil años que sabemos que nuestra madre mamaba mientras nuestro padre le ponía una pistola en la sien. Paz le arrebató las ideas a Salazar Mallén y Samuel Ramos y las puso presentables, las hizo pasar de eructos insolentes a pedos sublimes. Qué puta mierda todo; arrojo el libro al montoncito de los que se apilan afuera del baño junto con las anteriores novelas crudas o delicadas o valientes que dijeron que leían como nadie las líneas de la mano del país. O todas aquellas vacuas y fantasmagóricas escritas por niños cosmopolitas a quienes les resulta crucial haber meado en Zurich o leído al gran M'Bala M'Bola durante su visita a Mbabane. O todas las otras, que descomponen el lenguaje con la petulancia de quien cree hacerle frente a la realidad al negarla: decoración pura, juegos de palabras para distraer la mañana, juegos de té en torno a una mesita con osos de peluche y muñecas, caricias* en la próstata del esnobismo. *Insignificancias aplaudidas por liliputienses que mugen y festejan el fin de los moldes desde los suyos propios.* Bebo mi cerveza. Nadie sabe lo que pasa aquí, nadie entiende lo que pasa en ninguna parte.

La reputa madre del crucificado: ya están de nuevo golpeando. Asomo mi rostro de cerdo enojado por la cortina. Es mujer: flaca, prieta, joven y sola. Por un momento la tomo, claro, por la Negra, como si hubiera venido a darme esa disculpa que debe hace tanto. Se ofrece a barrer. Le digo que no. La mirada cansina busca algo más que esté fuera de sitio para ofrecerse a reacomodarlo. Todo está mal, hay dónde elegir. Traga saliva. El sol no ha asomado hoy y debe tener frío. Siento la punzada en la boca del estómago. Ella dice, bajito, que puede lavar la ropa. Replico que cómo sé que no va a robarme. Eso le da esperanza, hermanito, soy trabajadora, no robo. Si me robas viene la policía y te regresan, le digo, y tengo amigos en la policía. Abro dos centímetros la puerta. La esperanzo. No robo, le juro que no, córteme un dedo si lo hago. La miro sin decir lo que pienso. Pienso que está flaca pero debió estar rellena antes, lejos, porque tiene mofletes y las tetas caídas, aunque jóvenes. Lleva el pelo a rapa, seguro tuvo piojos o los tiene. Pulgosos que son. Los labios secos, carnudos. Seguro que sabe hacer más de una cosa. Pero no debo ponérselo tan fácil. Le digo que tengo que salir y si quiere vuelva mañana y le daré qué hacer. Parpadea. Haría de todo, hasta luchar con caimanes, para ganarse la cena. Le digo que no la voy a dejar en la casa sin vigilancia y repite su juramento. No. Le escupo tres veces que no y manoteo. Cierro la puerta dos centímetros. Su hambre no es la mía. No tengo prisa. Incluso, mejor sería que se fuera y no regrese con el sol. Pero lo hará. Es viernes y estaré en casa mañana, las putas clases me dan reposo. Y aquí espero, flaquita.

Negra

No me gustaba el futbol pero conocía sus festejos. El Delegado, al teléfono, remplazó la mueca de horror y fastidio de las últimas semanas por una media sonrisa imprevista. Intentó luego contenerla. Terminó la llamada, se levantó de la silla y empuñó las manos, lás elevó cinco centímetros sobre la cabeza, recorrió el pasillo principal con los brazos estirados, como un pequeño avión. La ropa le quedaba grande.

Vidal salió de su cubil. Le palmeó la espalda al pasar, de camino a la fotocopiadora. Silbaba. Sabía lo que pasaba y le gustaba mostrarse enterado ante la ignorancia general. El Delegado se agitaba, como si lo estremeciera una convulsión, como si Satanás estuviera por abandonar su cuerpo, y proseguía el sobrevuelo. Radiante. Curado.

Me arrimé al escritorio de Vidal, apreté la rodilla contra su muslo. Se quemó con el café. Me debía una explicación.

—Llamaron de México. Acaban de encontrar unas zanjas en Tamaulipas con muertos. Cien. O doscientos. Centroamericanos todos. Los mataron a tiros y golpes.

El Delegado exponía la noticia ante un grupo de secretarias y agentes. Brillaban sus ojos por primera vez desde que lo conocía.

—¿Y por eso baila?

Vidal echó el aire de los pulmones de golpe, como si mis dudas lo divirtieran.

—Pues eso nos saca de los encabezados. Nuestros muertos no pintan al lado. Así que la capital, los periodistas y las organizaciones de su puta madre nos van a dejar.

Su teléfono se iluminó y resonó. Se entretuvo en una conversación técnica sobre el boletín que mandaría la Conami de Tamaulipas, alguien en la capital lo consultaba sobre los giros que debería incluir. Era, Vidal, un experto y lo consultaban como tal. Sonaba, lo que decía, exactamente igual a lo que le hacían escribir cada vez. La elección de palabras era indudable. No cambiaba una coma. El sentido único de un boletín era que nadie lo creyera pero que no provocara líos. Y, sobre todo, que nadie pudiera alegar: "No sacaron ni un puto boletín".

La prensa en Internet comenzó a reaccionar y en unas horas los portales se llenaron de fotografías repulsivas y detalles indigeribles sobre la carnicería. Tal como avisaron a Vidal, eran decenas y decenas de cadáveres en zanjas. ¿Zanjas? Fosas comunes. Ningún grupo de ese tamaño llegaba lejos sin dividirse. Debieron irlos cazando a medida que llegaban, por meses o años, y entonces habían decidido deshacerse de ellos, una mañana, como quien resuelve que va a desayunar huevo con frijoles.

Nuestros quemados habían palidecido. Se difuminaron. Apenas dos docenas de notas, de entre las quinientas que saltaban aquí y allá a lo largo del día, citaban lo que pasó en Santa Rita como precedente. Quién necesitaba el contexto de nada. Total: los cuerpos extranjeros nos avergonzaban pero no demasiado. Si no sabíamos qué hacer con la mitad del país, por qué nos iban a preocupar los demás.

Llevé a la niña a casa. Por precaución imbécil, rogué a la portera que la encerrara en su habitación, aunque las zanjas estuvieran repletas de extranjeros y a diez horas en autobús. La portera asintió. Su rostro de moneda no se movió cuando le referí, balbuceando, rebuscando palabras inocuas, tal como si fuera a escribir un boletín, lo de Tamaulipas. Qué iba a decir. Se encogió de hombros. La niña bebió la sopa y devoró el bultito de tacos sin levantar la cabeza del plato.

Mensaje de Vidal. "Ya son ciento veinte." Sin la prensa, sin la mirada de la capital encima, la Conami de Santa Rita florecería como los basureros con las lluvias.

Me hundí en el agua, de noche, imaginé la zanja, la peste a mierda y tierra, la boca llenándose de gusanos y piedritas, la pala rematando al que se moviera, los que en el lindero de la muerte se agitan, como insectos, pese a tener la cabeza rota. ¿Podíamos matar tan tranquilamente como hacíamos el pan? Porque éramos un pueblo hospitalario y solidario, decía el profesor Marroquín en la escuela, un pueblo admirable, miren nomás cómo ayudó la gente cuando el temblor del año ochenta y cinco. En otros países se habrían quedado sentados hasta que llegara la ONU. Pero, bueno, supongo que en otros países no hubieran rematado a los niños a machetazos o a sus madres a tiros ni hubieran puesto a los hombres a pelear entre ellos para merecerse el premio de vivir unas horas más.

Esas historias me contó Vidal en la sala del búngalo. No sé si las había devorado en la prensa de la tarde o si improvisaba para que, cruzada por escalofríos, le refugiara los pies bajo los muslos. Lo hice. Fumamos. Nos bebimos otra botella de vino barato. No pude comer ni cenar más que galletas. Lo llevé a mi cama, se fue al amanecer. En la televisión hablaban de las finales del futbol. No me gustaba el futbol pero reconocía sus infinitos, sus despreciables festejos.

Salí del agua. Adolorida. Preparé la ropa de la niña y el desayuno. La dejé dormir diez minutos más. Dolía despertarla. En su cama, bajo vigilancia, estaría segura. Tenía que ver a Yein.

Escapé de la oficina a media mañana, con el pretexto de tomar café. Vidal estaba reunido con el Delegado, entregado al examen de las notas de prensa sobre Tamaulipas y los impactos del boletín nacional. Lo enorgullecía su redacción, su triunfo.

El albergue tenía, aún, la puerta rota. En vez de chapa, una cadena de bicicleta, el candado abierto porque era de día. Visité a cinco asilados más, de entre los que aún estaban allí, me enteré de sus versiones del ataque y su pánico, antes de alcanzar el catre de Yein. No quería que los vigilantes notaran preferencia alguna. Suficiente luz nos había puesto encima tramitarle tantos permisos de salida. Yein, bajo la manta, me miró con recelo. No se incorporó. Habló sin que fuera necesario preguntarle nada.

—Me iban a bajar. En el camino del río.

Resoplé. El miedo me bañó la boca de ácido.

—No sé quién avisó. Me siguieron con perros. Un tipo. Pero otro salió y le pegó de balazos. Pensé en esconderme en una cueva o algo. Mejor corrí de vuelta acá.

Entonces vigilaban el albergue todo el tiempo, sabían quién entraba y salía, quién trataba de huir. No iban a dejar que uno solo escapara por su propio pie. Lo mejor para Yein sería dejarse enviar de regreso: la llevarían en transporte oficial al aeropuerto más cercano. Lo repetí en voz baja para no llamar la atención. Intenté convencerla, me prodigué. La hubiera obligado si hubiera llegado a concederme más del dos por ciento de su confianza. Pero no quería saber nada. Se incorporó, sacudió la infinita caspa de sus hombros, caspa que caía de su cabeza como una lluvia de confeti. Me miró con orgullo, rascándose las sienes peladas.

—No quiero. Iba a esconderme y regresar. No me voy.

Hubiera debido abrazarla, envolverla en la manta, cuidarla mientras dormía. Pero lo que hice fue darle un paquete de suero y otro de comida, como al resto de los refugiados y, discretamente, ponerle en la mano el periódico que contaba lo de las zanjas. Ella se precipitó a un rincón para leer. Quizá pensaba que aparecería alguna noticia sobre Santa Rita. Pero no. Éramos el pasado.

Distraje a los vigilantes acercándome a su caseta y requiriéndoles un listado de necesidades para llevarlo ante el Delegado. Mientras anotaban series sin fin de jabones, papeles higiénicos, atoles, cubos de caldo de pollo precocido, Yein leía. Logré acercármele antes de salir.

—Ahora lo que importa es allá ¿no?

Lo decía con placer.

—Así está bien.

Me irritó que celebrara, inmune al asco. Le arrebaté el periódico. Los vigilantes nos seguían con curiosidad.

—No, no está mejor. Es una mierda.

Me miró con ojos inyectados. Sonreía torvamente, avergonzándome. Pero no era una niña a la que pudiera contenerse con miradas de enojo. Sabía lo que iba a hacer. Apoyarla era, por principio, ponerla en peligro y compartirlo.

—Los mataron a tiros y golpes. A niños, a mujeres. Peor que a ustedes. Los echaron en cueros a la puta tierra.

Le quedaba clarísimo. Sacudió la cabeza.

—Ustedes lo hacen. Siempre. Acá venimos como animales, nosotros.

En la comida, mientras Vidal se esforzaba en tocarme las piernas, me salaba aún la boca el *ustedes*.

—Aquí, hace años, hubo un albergue de la iglesia. Lo sostenía un padrecito –contaba Vidal, mascando un trozo de lechuga–. Ayudó a mucha gente, el padre. Pero lo amenazaron de muerte y prefirió irse. Apenas salió, la gente a la que albergaba le robó hasta los calzones. Se fueron y se llevaron todo, vendieron lo que pudieron, se comieron hasta las flores.

Siempre fueron nosotros y ellos.

Eso no me consolaba.

Versión oficial 3

RATIFICA CONAMI COMPROMISO CON LA DEFENSA DE MIGRANTES
Y VOLUNTAD DE COLABORAR EN INDAGATORIA

La Comisión Nacional de Migración (Conami) Delegación Tamaulipas expresa su más enérgico repudio a la agresión en contra de migrantes originarios de diversos países centroamericanos, verificada en el municipio de San Fernando, Tamaulipas, por sujetos desconocidos, con saldo hasta el momento de ciento veinte fallecidos, que fueron descubiertos en el rancho denominado El Asole el pasado día 11 de marzo de 2011.

Asimismo, esta Comisión ratifica su compromiso inalterable de proteger y salvaguardar los derechos humanos de toda persona, especialmente las familias que transiten por territorio mexicano, al margen de su condición migratoria, y su voluntad de colaborar con las autoridades policiales y judiciales pertinentes en las indagatorias de lo acontecido. Personal especializado de la Conami será enviado en las próximas horas hacia San Fernando para atender oportunamente las necesidades de los migrantes sobrevivientes, así como las de los deudos que respondan por ellos. Es necesario destacar que, en caso de considerarse necesario, se establecerán contactos con las embajadas y consulados para apoyar con recursos económicos y gastos viáticos los traslados de dichos familiares desde sus lugares de origen en América Central. Finalmente, se pondrá en marcha un programa de apoyo para cubrir los gastos hospitalarios, terapéuticos y funerarios generados por estos lamentables acontecimientos.

San Fernando, Tamaulipas, a 12 de marzo
Dirección de Prensa, Difusión y Vinculación
Comisión Nacional de Migración

Negra

E NCONTRÉ A JOEL LUNA EN EL CAFÉ. EL SUDAMERICANO nos contempló con una sonrisa que preferí ignorar. Nos acercó, de objeto por viaje, una botella de agua, vasos, tazas, el orgánico de la casa en un jarro y el azucarero y aún regresó para ponerme enfrente un plato con sobrecitos de edulcorante, como si mi cuerpo huesudo permitiera dietas. Como remate, trajo un atado de servilletas olorosas a cloro.

Joel, un rascacielos de periódicos y revistas frente a sí, estiraba la mano hacia la taza de café eludiendo la pila de informes que acababa de ponerle enfrente.

—Pudiste darme esto antes.

Estaban por trasladarlo a Tamaulipas, los expedientes eran un simple coqueteo. No evitarían que se largara pero quizá lograrían interesarlo en volver.

—Son denuncias. Si las cruzas con los datos de las bandas, saldrán cosas.

Volvió a cerrar la carpeta, tamborileó sobre la portada de cartón. Si Vidal se enteraba de que había sacado esos papeles de la oficina para dárselos a Luna, enloquecería. Justo en el peor momento, cuando estaba a punto de pedirle que pasara las noches en mi búngalo.

—Los leo, seguro. Te llamo de allá si hay dudas.

Parecía que huir era lo que deseaba: saber lo menos posible, abordar el taxi al aeropuerto sin que ninguna inquietud se le quedara atorada entre los dientes. Pero mi trabajo era que sintiera una morusa de curiosidad encajársele entre las muelas y la encía.

Le referí la caza a Yein, el asesinato del perseguidor.

—No supe. No me dijiste. ¿Dónde tienen al muerto?

—No lo sé. Deben habérselo llevado.

—¿Ellos?

—La Sur. Los Rojos.

—O la puta madre del Redentor.

Se encogió de hombros. Apartó mis expedientes y los periódicos, se apoderó de la taza de café. Lo ingirió de un sorbo.

—¿Y la Conami? No me dices nada. Agradezco la ayuda, pero sé lo mismo que sabía cuando llegué. Apenas le puse cara a dos o tres cosas. Hay algo, Irma, pero no puedo quedarme a buscarlo.

Explicó, golpeando la mesa con el índice, como un pianista, las prioridades de un periódico, por más progresista y opositor que pareciera ser. La noticia de San Fernando, comparada con nuestro incendio, era un árbol al lado de un hierbajo. Uno podía escalar un árbol, encaramarse por sus ramas hasta la copa y mirar el horizonte. Y, por qué no, ser visto desde abajo. Los periodistas solidarios también comían, necesitaban premios y becas y algunos temas iban a dárselos y otros no. Al árbol subías, a la hierba la pisabas. Lo decía con seriedad, como si me hiciera una merecida confidencia.

La ética de hacer lo que se pueda hasta donde se pueda, idéntica punto por punto a la del resto de nosotros. Cruzaban por la frontera los pollos porque podían, los robaban, golpeaban y violaban por lo mismo pero, a cambio, nadie intervenía porque no, porque cómo iba a ser. Eso no.

Debí darle las gracias. Era mejor oír sus excusas disfrazadas de razonamientos que respetarlo.

Salimos del café, me acompañó a la casa. Tuvimos que rehacer el camino porque no había cerveza en mi refrigerador. Se echó en el sofá. Le escancié un vasito y puse una servilleta bajo él. Formalidades que no me hubiera tomado con Vidal. A él me gustaba mirarlo beber de la botella.

La niña cenó. Llamó a su padre pero no lo encontró en casa. La llevé a su recámara, le leí. Luna aguardaba en la sala. Hinchado de alcohol, fumaba. Era claro que esperaba quedarse a solas. Pero yo no estaba acostumbrada al interés de nadie, nunca lo estuve. Salté del sofá en cuanto me tocó la pierna. Él, a medias extendido, acechante, retrocedió. Le cruzó los ojos un dejo de cólera, una tormenta idéntica a las que estallaban en los gestos del padre de mi niña. Sentí en la mejilla el viento del bofetón que hubiera querido darme. Pero Luna tenía un prestigio o algún resto de dignidad que retener. Abandonó el vaso.

—Perdón.

Una vocecita mínima, ladina.

—Quiso ser un halago.

No lo acompañé a la puerta.

Vidal llegó quince minutos después. Se lo había topado en la entrada de los búngalos y caminó directamente a mi puerta. No preguntó nada. Me observó recolectar los desperdicios, los botes vacíos, las colillas.

—Vino a despedirse.

Mientras limpiaba la cocina me abrazó por la espalda. Si me hubiera preguntado cualquier cosa sobre Luna le hubiera tirado los dientes. En lugar de eso habló de todo lo que no tenía que ver con Santa Rita. Era listo. Nos besamos. Se puso a cocinar. Miramos las noticias en el televisor, escuchamos música, me atreví a seguirlo con un par de canciones.

Pasó la noche en mi cama. Desperté en oscuridad pura, en silencio inmaculado. Nadie miraba por la ventana. No miraba a nadie. Mi hija dormía. Esa noche, no pensé en Yein más de lo indispensable y el padre de mi niña me provocó un breve recuerdo. Apenado, risueño.

Cuando fue hora de levantar a la nena, Vidal tenía listo el desayuno. Ella sonrió al verlo, como si le hubieran regalado un enorme perro cocinero.

El tren

NADIE LE PREGUNTÓ SU LUGAR DE ORIGEN, A PESAR de que la cédula que debía llenarse incluía un renglón específico para el dato. Pero los funcionarios de la Conami pensaron que ciertas preguntas resultaban de mal gusto mientras los sobrevivientes convalecieran de las quemaduras. Su fecha de nacimiento tampoco estaba clara pero en la ficha le calcularon a Yein unos veinte años. Tenía veintidós. Venía de El Salvador. Nació en un puerto llamado Acajutla, pequeño, destartalado. A su madre no la conoció. Tampoco tuvo hermanos. Su padre, un tipo renegrido y silencioso, había sido embalador de café hasta el día de su muerte, cinco años atrás. Su marido se llamaba Luis y era un electricista desempleado con ánimo de probar suerte en el Gringo. Se había hecho cargo de ella desde el día que se quedó huérfana pero la falta de trabajo los había obligado a mudarse cada pocos meses de los cuartos alquilados donde dormían; terminaron por vivir en las orillas, al límite de los cafetales, en una choza de madera. Sus pertenencias: un par de radios de pilas, algún cambio de ropa, herramientas, ollas.

Luis les tenía pánico a los pandilleros del vecindario. No salía siquiera a tomarse una cerveza a la tienda aunque llegara a reunir el dinero para hacerlo. Le angustiaba que llegaran a verle su único tatuaje, un ancla desteñida que se había mandado rayar en el hombro cuando comenzó a trabajar en los muelles. A los pandilleros no les gustaba la gente del puerto.

El último trabajo que se procuró fue en una bodega. Allí guardaban equipo y cableado y su puerta sin candado podía botarse de una patada. Yein aceptaba pequeños empleos de afanadora en la zona de los hostales. Esperaba. Luis consiguió un cliente interesado en comprar lo que pudiera sacarse de la bodega. Luego, dedicó tres días por semana a dejarse ver por los lugares donde se reunían los pandilleros, el culo apretado, el tatuaje cubierto. A uno, anticuado y afable, le contó que querían largarse a California, le rogó contactarlo con alguien que los cruzara. Acertó. El hermano del tipo se dedicaba a eso: un gordo con la espalda tatuada, brazos como vigas de acero, bigotito recortado de cantante romántico. Le pidieron el doble de lo que pensaba obtener por el saqueo de la bodega. Aceptó sin discutir.

Le ordenó a Yein que empacara (una poca ropa, ninguna de las ollas). Decidieron no pagar la última renta para llevar algo de dinero encima. Tuvo que robarse unos muebles para contar con más mercancía disponible y forcejear con el cliente durante horas porque pedía una rebajita por el volumen de lo comprado.

Viajaron en una camioneta herrumbrosa hasta la estación de tren, en la que no se detuvieron. Los reunieron con otros, tan desharrapados y desesperados como ellos mismos, unos kilómetros adelante, en un recodo oculto en la maleza. El tren se detuvo allí, como si los esperara. Los hicieron subir a un vagón. "Ésta es la primera clase, compa. Malo irte arriba", dijo el gordo antes de cerrar de golpe la puerta de lámina acanalada.

Otros tatuados los hacían subir, bajar, trasbordar. Tuvieron que viajar aferrados a las escalerillas o tendidos en lo alto de los vagones con los otros miserables. Al cruzar a México, los de "primera" volvieron a ser metidos en vagón propio. Cien donde debieron viajar cuarenta. Avanzaron lentamente, había mil estaciones y en cada una alguien asomaba la cara. No más tatuados sino sujetos patibularios, oscuros, de aspecto policial, armados con radios por los que gritaban mensajes. Les daban agua (o no), alimento podrido (o ninguno), a veces los golpeaban, la tomaban contra alguno en particular si protestaba o sostenía la mirada y se lo llevaban.

Al segundo día, comenzaron a exigirles a las mujeres. Casadas, solteras, viejas o niñas fueron llevadas a zanjas y garitas y violadas. Yein también. Su marido ni siquiera se atrevió a levantar la mirada de sus zapatos cuando la jalaron.

Había anochecido. La arrastraron a una caseta de lámina. Olía a paja, lodo y semen. Ninguno de los sujetos la tocó. Le bajaron los pantalones y dejaron entrar a un muchacho. Casi un niño. Cómo saber si tenía trece o diecisiete. Un hombre enteco, quizá su padre, les dio un billete a los captores. Permaneció en un rincón. Leía una revista, el tipo a su lado, la escopeta recargada contra la pared. El muchacho era pequeñito, lampiño. Apenas tenía pelo en el vientre. Antes de penetrarla ya había eyaculado. La embarró. La obligaron a lamerlo. El rostro del niño era indescriptible. Le jaloneaba la boca una mueca que significaba cualquier cosa. Todas las cosas.

Dejaron que se vistiera, volvieron a subirla al tren. Luis no la miró. Le extendió la botella de agua. Dos horas después, Yein le escupió a la cara. Él no hizo ningún intento por limpiarse. La saliva escurrió por su nariz, alcanzó el suelo. Amanecía.

Biempensamientos

ESPIERTO DE BUEN HUMOR, BOSTEZOS, PAN CON MANTECA y café y el mundo, cosa rara, me llama afuera. Paseo al Rafa, calle arriba y calle abajo, visitamos los abarrotes y la veterinaria. Allí me detengo largos minutos y la abandono con una bolsa enorme de equipamiento: correas, platos, cadenas, guantes. En el puesto de revistas compro dos periódicos baratos y un libro por cincuenta pesos, uno de esos coleccionables de pastas duras que nadie colecciona. Los Comentarios, de Marco Aurelio: languidecerían por siempre en manos de otro o volverían a un almacén para ser guillotinados, así que los uniré a mi biblioteca para sustituir las fotocopias engargoladas que en este momento ocupan su lugar y me han acompañado desde los tiempos universitarios. Ensimismado, me sorprenden los gruñidos del perro cuando nos acercamos a casa y ella brota de entre los arbustos y los automóviles estacionados, luego de aguardarme quizá una hora. O más. El perro se encoleriza, no debe gustarle su olor. A mí me asusta. Labios secos como el papel de lija y la mirada baja. Ni siquiera cruzamos un buenos días. Encierro al Rafa en el patio, a ella le entrego escoba y recogedor para que barra y una bolsa para que retire hojarasca de la calle y el jardín. Tras un mínimo regateo, accede a hacerlo por cuarenta y cinco pesos. No puede cobrar más que el emperador Marco Aurelio, caraja madre. Del mismo modo, la Negra no debería ganar el doble de lo que recibo por mis cuarenta horas semanales de clase. ¿Qué se supone que hace ella en el puto sureste, en esa podrida mierda de Santa Rita? ¿Sobarle el lomo a los quemaditos del albergue? Pudo advertirme y no permitir que el viaje se perdiera como agua en la coladera. Yo habría tenido que solicitar un permiso sin goce de sueldo en la preparatoria (es decir, mis costos se habrían incrementado) y malgastar tiempo y dinero en obtener mi propia visa, pero quizá hubiera terminado por hacerlo si ella hubiera mostrado la perra decencia de avisar. La muy pendeja de la reputa madre de mi niña no lo hizo y llamó sólo cuando faltaban dos días para el vuelo, a mil kilómetros del aeropuerto. Y todavía arguyó que pagando una multa podrían viajar después. Que la pague tu puta madre, eh, gracias por el dato. Me pide agua. El sol raspa la piel. Se la sirvo en un cacharro metálico que utilizo para calentar las sopas de lata. No quiero sus labios de lagartija en la orilla de mis vasos. Voy a sentarme a revisar los periódicos cuando la descubro quieta, cruzada de brazos, una planta en la hierba diminuta de mi jardincito frontal. Terminó y quiere sus cuarenta y cinco pesos, imagino. Pero no, no precisamente. Ambiciona más. Riega el pasto por diez pesos y termina tan pronto que no consigo regresar al sofá antes de que lo haga. Tengo una iluminación y ofrezco otros cuarenta y cinco para que limpie el cuarto del fondo, en donde he apilado basura de toda clase por meses, basura que nunca he encontrado tiempo ni ánimo para enfrentar. Sospecho que el Rafa debe haberse cagado allí más de una vez, alguno de esos sábados en que no logro levantarme de la cama y lo escucho bufar y pasearse en la espera inútil de que lo atienda. Aquello está tan cuajado de porquerías que transijo en que su tarifa suba a cincuenta pesos más la basura que quiera llevarse (y yo autorice, tampoco quiero ser robado, aunque debe estar en la naturaleza de todos ellos meterse en los bolsillos lo que puedan vender rápido y les permita una o dos tortillas más). No, no puedo sentarme a leer con ella apilando papeles y metida allí, en casa, la primera mujer en años en entrar si descontamos las pocas visitas de mi niña. Desde que la Negra no quiso que nuestra hija volviera a esta casa heredada, hay una maldición y las mujeres no pasan del umbral. Podría llamar una puta telefónica y resolverlo, pero no quiero que los vecinos piensen que soy lo que soy, es decir, un pobre diablo que llama putas telefónicas. Arrastro una silla y me aposto afuera del cuartito, la miro ir y venir, agacharse, acomodar, barrer, sacudir, interrogarme con la mirada sobre lo que podrá o no llevarse, la miro trapear. Mientras clasifica los periódicos viejos en mohosos (que no le comprarán y habrá que echar al cubo de basura) y útiles, miro el viejo reloj de mi padre, con su banderita nacional, mexicanos al grito de guerra, voy a la cocina y obtengo del refrigerador tortillas y frijoles, caliento una mezcla de unas y otros en un plato que, luego de decorar con una cucharadita de crema, me siento a consumir en la silla. El olor parece perturbarla. También al Rafa, que aúlla en su encierro. En cuclillas, me mira comer. Debo ser paciente, me digo. Le indico que saque las bolsas de desperdicios a la calle, le pago lo que le corresponde. Antes de irse, cargada con un costal de periódicos y botes para vender, me dice —me sugiere— que puede volver mañana o el lunes a limpiar. Contención, necesito contención. Autocontrol. Ladeo la cabeza, como si pensara y miro mi reloj de banderita. El acero aprestad y el bridón. Le digo que regrese el lunes por la tarde: en la mañana trabajo. Me arrepiento de inmediato. No quiero que sepa a qué horas entro o salgo. Se echa la bolsa al hombro y dice que sí, volverá. Debo ser cuidadoso. El lunes, me parece, no se le abrirá la puerta a la dama.

Negra, Negra

Todo baño es medicinal en algún sentido. Remover células muertas y mugre, nos dicen los comerciales televisivos, es rutina tan indispensable como barrer la puerta de la casa. O lo haces automáticamente o pronto vives en un pudridero. Peor: lo eres. El baño, además, nos permite intimidad con nuestra desnudez. Es una masturbación insinuada o consumada. Una cita con la carne y pellejo que llevamos cargando.

Pasé una hora en la tina aquella madrugada, desde que me deslicé, congelada, al agua humeante hasta que se me ablandaron los dedos y la atmósfera terminó por templarse. Recordé a Vidal tocándome, su peso, el olor a café que exudaba; mis muslos, que enjabonaba con lentitud, me parecieron mejores que antes, mi cuerpo menos seco, como si volviera a la edad de crecer; recordé al padre de la niña y sus reclamos sobre el viaje perdido a California, pensamiento infalible para ahuyentar el deseo; recordé, en fin, a Yein y sus andanzas.

Las investigaciones no avanzarían más. La opinión de Vidal era que una banda, los Rojos, había traído a los centroamericanos metidos en el vagón para que no les cobrara el derecho de paso otra banda, la Sur, dominante en Santa Rita. Pero los migrantes huyeron y revelaron su presencia.

Entonces, dos opciones: los atacaron los que los habían transportado hasta acá, en venganza, o el incendio fue responsabilidad de sus competidores, para darles una puta lección. A la confusión contribuía el hecho de que un tipo persiguiera a Yein con perros en las afueras del pueblo y otro diferente, salido de la nada, lo matara. ¿Qué hacía la Conami ante la progresión de barbaridades? Un boletín circular y eterno que prometía acciones y solidaridades que jamás se materializarían.

Llegué a la delegación con retraso, luego de un lento desayuno en el café, en la vana espera de que Vidal apareciera y me acompañara. La nena había protestado cuando vio que no desayunaría con ella pero igual comió su pan. Encontré la oficina en plena convulsión. Dos o tres grupitos de empleados conversaban en los límites de La Pecera. En su interior, casi ocultos por las veleidades del cortinaje, el Delegado, el habitual agente de la policía y Vidal conversaban con un muchachito. Encogido como pájaro en el frío, con un bozo incipiente en el labio que lo hacía ver incluso más pequeño de lo que era, el interrogado daba vuelta a sus pulgares con las manos entrelazadas. Según mi experiencia, eso significaba que mentía. Vidal, tan observador, no podía no saberlo.

Afuera se especulaba sobre sus declaraciones.

—Encontró el cuerpo de un tipo armado y con tatuaje de Los Rojos. O sea que son de la Sur los que andan matando —explicaba, categórico, un tipo alto, que trabajaba en Administración.

—O los de la Sur andan llegando apenas al asunto y por eso matan a los Rojos, para avisarles —respondió otro, que se dedicaba a revisar las computadoras.

Puro genio.

La indagación había sido tan negligente que sus detalles eran de uso corriente entre los empleados. Se los referían los agentes que visitaban la oficina o los leían en la prensa local y los memorizaban para tener tema de conversación en los foros de opinión del pasillo.

Como no tenía intenciones de participar en el debate acerca de un asunto tan turbio, tomé una pila de expedientes, regresé al café y pedí la taza más grande del menú, un líquido espeso, cremoso, a tal extremo dulce que daban ganas de vomitarlo al segundo sorbo.

Brinqué cuando me lo sirvieron, porque no era el sudamericano quien lo hacía sino un sujeto gordo y enorme, pañoleta de cocinero en la cabeza y sonrisa de ineptitud en los labios.

Agradecí. El sudamericano estaba instalado en una mesa del rincón, de espaldas a mí, los caireles deslizándose por su espalda con una suavidad que mi cabello no había alcanzado nunca. Junto a él, de perfil, bebía una cerveza un jovencito pálido con sombrero de cowboy y zapatos puntiagudos. Conversaban con familiaridad; el sudamericano hacía aspavientos, como si refiriera una anécdota irresistible. Su compañero asentía. Algo en su mueca me hizo pensar en un enfermo, en un anormal.

Metí la nariz en mis papeles por una hora, bebí el café con tal lentitud que en los últimos tragos era casi un helado. La gente entró y salió, las mesas se ocuparon y desocuparon, atendidas con impericia por el repentino suplente. El sudamericano había cruzado las piernas; ahora, era el tipo con cara de niño quien hablaba. Lo hacía en voz tan baja que no logré escucharle siquiera dos palabras.

Pasó media hora antes de que se les uniera alguien más:

el jovencito que había sido interrogado en La Pecera. Era él, sin duda. Contuve la tos que me saltó a la garganta; pedí otra taza de melcocha. Escuché. Palmadas en la espalda, saludos, alguna interjección. Al levantar la mirada para recibir el nuevo pedido, estaban observándome los tres. El sudamericano y los jovencitos, sentados en dirección a mi mesa, callaban, miraban. Nunca supe cómo manejar las miradas porque nunca las atraje. Pero en Santa Rita había sido tan observada que pude sostenérselas, sonreírles y regresar la vista a mis papeles. No volví a escuchar más que susurros. Seguía así, a cada minuto más agitada, sienes latiendo y boca resecándose, cuando alguien jaló el equipal vecino.

Vidal.

En la mesa del rincón se hizo el silencio.

—Éste no es el orgánico del rizos.

—No –le extendí la taza.

Probó unas gotas del bebedizo antes de retirar la cara, asqueado.

Lo reté.

—¿Sabes con quién está el mesero? Con el que acabas de interrogar. El que encontró al muerto.

Lo confirmó sin entusiasmo. No dijo quién era el otro. Se lo pregunté pero el gordo irrumpió para depositarle enfrente un menú. Vidal me colocó una mano en el muslo. Lo espanté con la rodilla, como a una mosca.

—No lo sé. ¿Amigo del otro?

En la oficina triunfaba el tedio. El Delegado se había encerrado a leer la prensa y el silencio era interrumpido por toses o palabras sueltas, sin interés. Vidal salió luego de la comida, no lo vi regresar. Caminé cuatro veces a su privado y lo encontré vacío. A la quinta ocasión, no evité notar que, sobre la mesa, habitada, por lo demás, apenas por un teléfono, yacía una carpeta que no había notado en anteriores incursiones. Me eché la carpeta bajo el brazo y fotocopié su contenido en una máquina lenta y ruidosa. La repuse en su lugar. Engrapé las fotocopias con mis expedientes y, más serena de lo que hubiera supuesto, comencé a leer.

Se trataba de un informe policial dirigido al Delegado. La redacción era rústica pero conseguí entender que las indagaciones seguían sin alcanzar ninguna resolución. Los testimonios de los sobrevivientes no servían como pista para establecer a los culpables del incendio. Podían ser los mismos que los habían llevado hasta allí o no, aceptaba el informe. Las bandas, se suponía, estaban al servicio de grupos más poderosos, cárteles con nombres aterradores. Pero tampoco había pruebas. La Sur, los Rojos y otro grupo, llamado Las Piolas, del que hacía meses no se sabía nada, eran nombrados sin mayores pruebas. Sus jefes eran conocidos sólo por apodos. Eso sí, el informe aclaraba que algunas paredes en las afueras de Santa Rita eran pintadas, a veces, con símbolos que, en teoría, representaban a las bandas: la ese mayúscula de la Sur; la erre sangrienta de los Rojos; la verga chorreante de Las Piolas. Ciertos cadáveres levantados de zanjas o encobijados en un corral o un baldío llevaban tatuados sus símbolos en antebrazos o espalda. Y poco más. El informe, desolado, se interrumpía con algo parecido a una disculpa y una disimulada queja por el poco presupuesto del área investigadora.

Justo antes de echar mis copias a la trituradora, reparé en que la descripción del líder de la Sur (tan vaga que, hay que aceptar, podía corresponder a casi cualquier ser vivo) establecía, al final, que los testigos atribuían su apodo, el Morro, a su aspecto infantil. Recordé el artículo de Luna, su entrevista con el matón. El cara de niño, le decía él. Salvé la página; el resto, sin pérdida, terminó en el triturador.

Cerca de la hora de salida sonó el teléfono. Larga distancia. Crujía en mi oído, el aparato, desde que lo levanté. Joel Luna, en alguna parte de Tamaulipas y a bordo de un vehículo que aceleraba ruidosamente, reaparecía. Me dijo *guapa* y bufé. No oí con claridad lo que gritó después. Entre chirridos, logré entender que narraba detalles escabrosos de lo que había encontrado allá. Las fosas comunes, carajo, eran lo más repulsivo que había visto, lo peor que esperaba ver. Apenas entendí los pormenores (horrorosos todos) que refería. Prefería no entenderlos. La mala recepción ayudaba. Lo que llegaba a oír me hacía hormiguear estómago, cerebro y tripas, como si quisieran hacérmelos despedir por la boca.

El Ejército había terminado por echar a los periodistas del área, luego de que dos fueran alcanzados afuera de su hotel, subidos a punta de rifle a una camioneta sólo para aparecer, más tarde, desmembrados por el camino. Como pollos despiezados. Los culpables, pues, no habían huido y se permitían enviar mensajes.

Como la zona no era segura, Luna había pedido a sus editores volver a Santa Rita. El fin de semana estaría de regreso, prometió.

—Llevo novedades. Acá tuve una charla con un militar sobre tu Delegado –alcanzó a decirme antes de cortar.

El Delegado me había parecido siempre un imbécil. Lo busqué con la mirada. De pie en mitad del pasillo, miraba la nada que revoloteaba entre los ventiladores atornillados al techo y se rascaba una nalga por encima del pantalón de pinzas.

Un imbécil siempre es siniestro.

Santa Rita, lo que se da no se quita

Los niños pobres en Santa Rita usan nombres dignos de cantantes del mar Caribe. Los niños ricos, de peones del siglo XIX. Jay, Chad, Byron, Yaimira, Leididi o Lizibeth lucen las caritas cuajadas de churretes, corretean sin zapatos por las brechas anexas a la plaza del Farolito y tienen lo que los nativos han llamado desde hace decenios "pelitos de ensartar chaquira": el cabello crespo de los descalzonados. Entretanto, Eduviges, Aristeo, Marciano o Petra tienen peinados sedosos y distraen el tedio escolar con algún artilugio electrónico. Un decenio antes de su nacimiento, Aristeo o Eduviges eran nombres de gato, pero la sofisticación contemporánea alcanzó a las parejas jóvenes del único barrio pavimentado de la ciudad y las casas más prósperas de la zona adoquinada y obligó a padres y madres a desenterrar apelativos que antes hubieran considerado de caporales o echadoras de tortillas. Porque ponerle un nombre agringado, de sílabas rebosantes de letras inusuales (y griegas, equis, haches finales) habría provocado que sus retoños fueran tomados por los hijos de la muchacha del aseo. O, peor, aún, por centroamericanos. Allá, según se sabe, hasta los gatos se llaman Alvin, Sharon y Brad.

Curioso lugar, Santa Rita. En la plaza del Farolito hay un

busto de Hidalgo, que liberó a los esclavos, y junto al kiosco otro de Juárez, el rostro más indígena de la iconografía nacional (al buen señor Cuauhtémoc lo han trastocado en una suerte de Marlon Brando mexica a fuerza de embellecer su recuerdo, mientras que Juárez conserva su digna estampa de petroglifo). Ambos figuran, también, en los billetes. Hidalgo, en uno prohibitivo, de mil pesos. Pero don Benito aparece en los de veinte, comunes como la sarna. Aun así, la esclavitud no parece preocupar a los naturales de la ciudad porque los esclavos son otros y vienen de lejos. Y su aceptación de los rasgos indígenas, que nunca fue demasiada, va en descenso.

¿No han visto a los retoños de los santarritenses con los pelos teñidos con shampoo de manzanilla? Es encantadora, la manzanilla. La delación perfecta de la imbecilidad de un padre. Como nadie está lo suficientemente loco para echar los químicos de un tinte de pelo común en el cuero cabelludo de un pequeño, las madres y padres de Santa Rita procuran restregarles las cabecitas con manzanilla. Aunque una norma de cortesía elemental es negarlo: cómo voy a usar ese shampoo, lo que pasa es que mi niño nació güero porque tengo un bisabuelo, establece el cinismo de quien lo dice, portugués, noruego o de San Juan de los Lagos.

Otro rasgo destacado de quienes bautizan a sus hijos como Clotilde o Rufino y les tallan el pelo hasta que se les aclara, es que tienen la piel delicada. En Santa Rita florecieron siempre los tianguis de artículos importados, especialmente de ropa. Pero todo evoluciona y el santarritense de buena cuna ahora está obligado a viajar dos veces por año al sur de Estados Unidos, a ciudades inmundas como Las Vegas o San Antonio, y adquirir en ellas los blancos y el menaje de casa. Aunque finjan ser de algodón, los calzones mexicanos, se sabe, escuecen, rozan, provocan várices, estrías, interrumpen la circulación y ocasionan esterilidad, frigidez e impotencia. Todo ello mejora rápidamente si uno compra paquetes de seis o doce *culottes* en un *outlet* texano. Para que el remedio rinda pleno fruto, se recomienda que se acompañe por la adquisición y consumo de otros productos, rigurosamente adquiridos en los viajes relámpago a ese territorio, perdido por México en el siglo xix y que sigue obsesionándonos. Es obvio que la cocacola envasada allá tiene mejor sabor: su burbuja es perfecta, su dulzor diferente y supremo. Se cuelga del cristal. Las ventajas de la importación a pequeña escala son innumerables: se limpia uno el culo con papel californiano una vez al semestre y lo extraña el resto del año. Esa nostalgia da la fortaleza para ganar dinero al costo que sea, incluso vendiendo esclavos, con tal de regresar.

Un detalle cardinal en la psicología del santarritense educado es que no podría soportar la humillación de ser confundido por un gringo con un Yair o una Cindyrella cualquiera. Cuidadosamente, evita las ropas y peinados habituales entre los migrantes, se procura prendas con logotipos de marca reconocidos y vistosos, utiliza en caso necesario cachuchas de los Yankees de Nueva York y, en el caso de las mujeres, maquillaje muy caro y vistoso. Con ello, por supuesto, lo que consigue es pasar por un ilegal histérico y ligeramente enriquecido.

Porque un gringo típico nos piensa monos y nos clasifica según criterios zoológicos. Aunque te restriegues colorante en el pelo, aclares tu piel con cremas, jabones y afeites, devores toneladas de *snickers*, tachones tu charla con palabritas en inglés acá y allá y mires obsesivamente películas que ocurren en Houston. Aunque, monito, te vistas de seda.

Negra

LA MÚSICA QUE OÍA VIDAL, LA DE SUS DISCOS, LA QUE escuchaba esos días. Canciones lentas, dulces, a veces tristísimas, pulsadas y rasgadas en pianos o guitarras de palo o mecidas por una electricidad tibia que alguna vez se hacía estruendosa. Esa música vieja y amable me obligaba a cerrar los ojos o alejarlos, mirar por las ventanas, recordar ángeles, árboles, niebla y estrellas, aquello que ya nadie citaba en una canción porque sonaba estúpido. Música.

Esperaba el amanecer tarareando, las tripas congeladas por el miedo. Me sentaba en un rincón del cuarto de la niña para escucharla respirar. Oscura, vigilaba. En una ciudad en la que nunca hizo frío, lo sentía. Si entraba a la tina, me arrojaba al agua hirviendo como si pudiera sentir en la piel el fuego del albergue. Sólo conseguía, claro, enrojecerme, resoplar como cafetera. Incluso al malestar es posible habituarse. No: sobre todo al malestar.

Joel Luna regresó antes de lo previsto. Vidal lo sabía, preferí decírselo antes de mirarlo descomponerse cuando se lo topara en la entrada o, peor, aplastado en mi salita del búngalo, cerveza en mano. Se rascó las barbas cuando se lo conté, murmuró alguna ironía, le preparó mentalmente una nota al Delegado. Y no dijo más. Era un martes y el viernes le pediría que pasara la noche en casa. Quería verlo desayunar, de nuevo, con la niña, contarle alguna historia.

El periodista llamó por teléfono, nos vimos en el café. No sabía dónde más citarlo. ¿En una banca del parque del Farolito? El sudamericano me besó en ambas mejillas y dejó la mano en mi hombro más tiempo del que hubiera sido necesario. A Luna lo abrazó como a un hermano ausente por años. Nos trajo una jarra de su orgánico y otra de agua y se fue sin ofrecernos el menú. Ya éramos de la casa.

A la higiene de Luna el viaje le había sentado mal. Tenía el cabello apelmazado e hirsuto a la vez, las uñas de las manos largas como garras, la piel de los dedos mugrosa, como si la tierra, harta de manchar la superficie, se le hubiera metido por debajo. Tampoco le había hecho bien a su cortesía.

—El chupapitos del tipo de Difusión me negó al Delegado hace media hora y acabo de verlos por la ventana de su oficina. Le dices, por favor, que chingue a su puta madre.

—No lo llames así.

Me tomó la mano. Lo repelí. Sonrió para sí y se empinó la taza de café como agua de uso. Se limpió las comisuras con la manga del saco.

—¿El chupapitos es tu novio? Perdón, pues. El viaje fue pesado. Todavía no duermo.

Y quién iba a dormir, en ninguna parte. O no: el hecho era que dormían, roncaban, daban vueltas en sus camas, todos en el país, sin molestarse por unas pocas zanjas, unas viles masacres, unas pinches fosas comunes repletas de huesos, en su mayoría, extranjeros. O en el peor de los casos de pinches prietos nativos, despeinados. Luna volvió a referirme los pormenores de su paseo lunar por el averno. La piel de un cuerpo a medio desenterrar. La hinchazón del vientre de otro, la cara inflamada por un borbotón último de sangre. El aspecto de balón pinchado de una anciana obesa, agusanada. El rostro vacío, inane, de un niño de doce años al que le escurrían churretes de sangre por los ojos. Todos reunidos en un potrero, en un rastro, exterminados entre silbidos por una banda de mocosos desconocidos, con el vello púbico a medio brotar.

La indignación de Luna le llenó la frente y la papada de gotas de un sudor picante. Olía mal, su ira. Profesionalmente, había sido un fiasco el viaje: a la prensa le contaban los avances del caso pero no le permitieron circular más que por zonas autorizadas, nadie en el pueblo hablaba, los militares aconsejaban al que podían que se largara de allí y esperara sus boletines oficiales en la comodidad de su redacción.

—Hubo un sobreviviente, un salvadoreño que se fingió muerto y luego caminó diez kilómetros con la cabeza abierta para dar la alarma. ¿Sabes dónde está ahora? En El Salvador, de regreso. Lo cabrones lo repatriaron en tiempo récord. Sólo le permitieron hablar con la televisión.

En la barra, el sudamericano no perdía detalle. Un espía tan inverosímil y, al tiempo, tan evidente, que movía a la risa. Llevaba audífonos colgados de las orejas, como si eso garantizara su desinterés. Anotaba sin parar en la libreta de comandas. Incluso tenía un aparato de teléfono con que fotografiaba, de tanto en tanto, alguna de las mesas.

El café pululaba de raza burócrata. Los empleados de la Conami ocupaban las mesas y las sillas altas de la barra con puntualidad admirable. Cuando debían regresar a sus escritorios, lo hacían con pasos morosos, vacilantes, limpiándose los dientes con un palillo, escupiendo la banqueta o fumándose el eterno cigarro de puertas afuera.

Vidal y el Delegado se sentaron frente al sudamericano y obstruyeron la visión de su rostro puntiagudo y sus ricitos. Joel Luna respingó.

—Aquí vinieron a plantarse, los putos. Ni saludan.

Festejó su propia gracia y, ante mi silencio, me dio unas palmadas en el hombro, tranquilizándome.

—¿Sabes por qué quiero carearme con el Delegado, aunque estorbe el chupapitos? Porque allá me hablaron de él, Irmita. Lo conocen, en el Ejército.

Me relató su conversación con un capitán, a bordo del jeep en el que revoloteaban la zona de las fosas comunes de Tamaulipas. El tipo era especialista en las bandas del sureste, lo habían enviado al lugar para buscar sus huellas. Había sido tan reservado como pudiera esperarse el primer día, pero durante la segunda jornada, una vez que las pilas de la grabadora de Luna se agotaron, resolvió hablar. Y no volvió a callarse. Le narró historias sobre migrantes crucificados en postes de luz, cuerpos sin cabeza, cabezas sin lengua y dedos sin falanges, mujeres a las que les habían sacado para afuera todo lo que tuvieron dentro y hombres a los que les habían metido todo lo que tuvieron fuera.

Y el capitán recordaba al Delegado. Sonrió cuando Luna dijo que venía de Santa Rita. El militar gruñó con desprecio.

—¿Allá en la delegación tienen al Pirulí, no? Un cabrón flaquito, pocosgüevos, que le queda grande la pinche ropa. Ese pendejo estuvo antes en Chiapas, mera frontera. En la puerta de su pinche delegación mataban hasta perros. No sirve para un carajo. Se mudó de pueblo y todas las mañanas iba un chofer por él, le daba miedo manejar el trecho de carretera.

La hoja de servicios del Pirulí, es decir, el Delegado, era penosa: carrera de leyes en escuela católica de Chihuahua;

acusaciones de cobrar por el paso de migrantes en la Delegación de Juárez, donde fue jefe jurídico; designación como Delegado de la oficina de frontera, en Chiapas, por obra de un compadre bien ubicado; fotos con el Comisionado Presidente, aplausos en los discursos, donaciones a campañas políticas; designación para ser Delegado, en fin, en Santa Rita.

—El capitán no lo dijo pero si el Pirulí cobró por cruzar gente en Juárez, por qué no habría de pedir *moche* acá.

Fui débil: le conté la reunión entre el presunto testigo, el sombrerudo con cara de niño y el sudamericano. Como si lo hubiera invocado, sus rizos y mirada de efebo se materializaron ante nosotros. Resurtió las jarras con orgánico y agua y puso ante nuestras narices un par de bollitos dulces. Éramos de la casa, refrendó, esto va como cortesía por su lealtad. Me miraba con un esmero que me habría hecho saltar el corazón unos meses antes. Se relamía los labios.

—¿Todo bien? Pruébalo, es dulce. ¿Quieres otro para tu niña? Qué linda, la pulga. Linda como la madre. Las vi caminar el otro día por acá. Linda, la nena. ¿Se llama como tú, no? Llévale el panecito. Es alelí con canela. Y dale besitos de mi parte.

Se retiró con zancadas de pantera. El pan era redondo, con una cruz de semillas marcada claramente de arriba abajo, de izquierda a derecha. Una cruz. Se me ablandaron las piernas. Tuve el impulso de huir, de largarme de inmediato o de plantarme ante él y pedir perdón, rogarle, implorarle que me dejaran ir, que no la tocaran. Luna mascaba su bollito sin preocupación, revisaba la pantalla de su teléfono.

—Ese que dices, el cara de niño, seguro era el Morro. Quiero que me lleves al albergue, con tu amiga. Tengo datos. Creo que puedo demostrar que el Pirulí lo conoce, al Morro.

¿Te acuerdas que lo entrevisté? No lo puse en el periódico, claro, pero el Morro no es de aquí. Está muy güero. Se vino de Chihuahua.

No lograba moverme. El sudamericano sonreía en la barra, clavaba en mi escote sus ojos de gato grande.

Pasé por el albergue antes de volver a casa. Se veía a Yein consumida, los de la entrada juraban que devolvía los platos casi enteros y aceptaba solamente agua, sopa y la carne de los guisos. Pasaba el tiempo en el área conocida como el Gimnasio, un cuartucho con unas pesas viejas y una pera de boxear arrumbadas junto a costales de escombro y colchonetas despanzurradas.

Allí la encontré, levantaba unas mancuernas, resoplaba. Llevaba encima un corpiño percudido y unos calzones deshilachados. El resto de su ropa, doblada sobre un costal, la aguardaba.

—Quieren matarla, a mi niña –le dije y me acuclillé a su lado. Tenía náuseas, el café subía por mi garganta como manantial.

Yein bajó las mancuernas. Conservó el silencio. Tanto, que pude recuperar la voz, ponerme en pie, bajar la cabeza, subirla, abrir los ojos, serenarme, transmitirle la petición de Luna para que hablaran de nuevo. Le conté sobre el Morro, su visita al café, le conté lo que sabía a velocidad imparable.

Ella se vistió con pocos movimientos y luego se anidó sobre un costal.

—No. No va a pasarle nada. A tu niña. Pero a ti sí. Creo.

Aventuró una risa desolada.

Le pedí que se viniera al búngalo. Para estar segura. De lo que fuera.

Tuve que rubricar cinco formas y esperar veinte minutos por un sello de salida.

El perfil de los edificios, afuera, se me antojaba el decorado de una alucinación.

Tan biempensante

NO ABRO LA PUERTA EL LUNES (NI SIQUIERA LOCO FURIOSO dejaría una llave bajo el tapetito de entrada que, claro, ella buscó) y se va sólo después de pasarse media mañana acechando en la banqueta y pegando su cara de mico de los bosques al cristal en mi busca. Pero el martes abro y le permito pasar e incluso le deseo buen día antes de irme a la escuela (aunque es el día que tengo sólo una clase que basta una llamada para cancelar, el día más apacible de la semana) y bajo por la calle hasta el mercado y me desayuno jugo, café y periódico para luego regresar apresurado, con el pretexto de haber olvidado unos papeles. Planeé una irrupción súbita para sorprenderla en mitad de un hurto, quizá acompañada de un secuaz. En la mochila que suelo llevar a la escuela, en donde yacen mi libreta de apuntes, listados de estudiantes y un libro para distraerme en los largos semáforos rojos, colé un cuchillo, el más afilado de la cocina, el que aún conserva algunos de los dientes y que la Negra, en nuestro tiempo juntos, solía llamar el espadón, supongo que para burlarse: no es más largo que mi mano. Lo que no pude prever es que no estuviera al abrir la puerta y el único sorprendido sea el Rafa, el fiel perro que dormita abajo del televisor y se golpea la cabeza al sorprenderlo mi entrada. Recorro la casa, arrastro los zapatos sobre el mosaico para evitar un taconazo delator, abro puerta por puerta sin encontrar señales de vida hasta que un sonido de ahogo me alcanza. No. No sé a qué corresponde, así que no tengo más que subir a la planta alta, arrastrando los pies para sofocar mi prisa y escucho ruidos en mi recámara. Sucia perra. ¡En mi recámara! Empuño el espadón (pinche Negra) e ingreso a la habitación heroico, de un brinco. No hay nadie, pero sí ropa en el suelo, mía, y otra, bien doblada, sobre la silla, junto al apagador eléctrico. El sonido proviene del baño. Me acerco y ágil como un leopardo hago mi aparición. Ella brinca, desnuda, cae al suelo de la ducha. Se bañaba. En mi puto baño, con mi mil veces puta agua y mi remil veces reputo jabón, tallándose las sucias nalgas, las plantas mohosas de sus repugnantes pies de dedos quebrados, sus pies de polvorón con mis arreos higiénicos. Un minuto después estoy violándola sobre el piso. Lamento utilizar este lenguaje pero hablar de seducción sería impreciso. Ella no hace una mueca siquiera cuando en vez de ayudarla a incorporarse, pliego la cortina de hule, la arrastro fuera de la ducha y me le echo encima. Le beso los ojos, lameteo la punta de su nariz como si fuera el propio Rafa quien lo hiciera, le muerdo la boca y el mentón y, especialmente, el cuello, le muerdo los pezones, le estrujo los senos flacos y la penetro con ardor bélico. Un apasionamiento absurdo que, claro, termina en un orgasmo tumultuoso, expedito. Quizá instantáneo. Una pena negra me invade apenas termino y soy yo quien se tiende a un lado y se encoge a llorar, maldiciéndome por dentro, lloro como un perro pateado aunque fui yo quien atacó y montó con avidez. Ella tiembla, no sé si de miedo o frío. La primera medida de control de daños, siempre el control de daños, es cubrirla con una bata. No se ha movido un milímetro. Cuando abre la boca me dice que la inyectaron en Honduras, que es del sur de Honduras, de lejos, y la inyectaron porque eso iba a pasarle en el viaje. Al menos no tiene quince años o volvería a llorar, cumplió veinte y no fui el primero en el viaje. Se disculpa por la ducha, necesitaba el baño, lleva días en espera de un tren que la lleve al norte pero no la han dejado subir porque los vigilantes quieren dinero y se le terminó. ¡Se disculpa! Que me viera la Negra. No puedo aguantar en el pecho una risa que no sé cómo mierdas interpreta, una risa que significa en qué pinche puto carajo problema brinqué, qué clase de pendejo de mierda soy, mi vida es tan atrozmente inmunda que mis relaciones consisten en violar hondureñas en el piso del baño. Le ofrezco quedarse a dormir mientras logra subirse a un tren y comida y dinero a cambio de que limpie la casa y cuide al Rafa mientras doy clases. Ella logra sentarse, es morena, flaca como una escolar, los senos diminutos, las costillas tan prominentes como ellos. También, le digo, me olvidaré de llamar a mi amigo policía y meterla en problemas si es obediente. Claro que no tengo un amigo policía, no tengo siquiera un amigo a quien me atreviera a confesarle las honduras en las que estoy metido, pero escapo hacia adelante y la intimido: mira, yo no le digo nada a la policía, puedo tratarte bien pero tienes que ser obediente ¿sí? Ella, ojos como precipicios, acepta. Entonces, de regreso, sacándome los pantalones que llevo enredados en los tobillos, me detengo frente a su rostro, levanto las cejas. Se me está olvidando el número de mi amigo, me digo cuando ella, sin asco, sin morderme o llorar, asustándome cada minuto un poco más, me mete a su boca. Honduras.

Cacería

PARA SER CAZADOR DE MOSCAS LO FUNDAMENTAL son la velocidad y la agilidad. La fuerza tampoco sobra. Si eres veloz y golpeas con rudeza, la mosca quedará convertida en una pasta orgánica que ni siquiera evocará a un ser viviente. Se cazan moscas por ocio, el entretenimiento lo explica todo en este mundo, pero además se les aplasta por asco, porque han sobrevolado donde no deben y nos irritan. Hay que matar moscas porque sus patas se hunden en la mierda y la llevan, así sea átomo por átomo, a nuestras bocas.

Una camioneta negra y lenta sube por la calle. Ha pasado la medianoche. Al volante, el Morro se talla las encías, escupe y se hurga las narices con la misma mano con que saluda a un policía aterrado, en una patrulla quieta, al que se le cierra el culo como un remolino de pavor en cuanto lo ve.

El Morro sube el volumen de la radio y una voz se ve convertida en bramido: *saludos a los habitantes de la colonia Mirador Segunda Sección, de parte de los choferes de la terminal del parque del Farolito, amigos, vámonos con la súper banda La Camioneta y esto que se llama así:* Imagina.

No hay por qué seguirlos escuchando y, desde luego, tampoco hay necesidad de imaginar: la camioneta se ha acercado hasta la esquina del albergue y, tras dar un pequeño rodeo a un bache, accidente natural en el adoquín arruinado de Santa Rita, se estaciona con precisión matemática ante el portón. Cinco hombres bajan. Todos armados. El Morro hace una llamada. Esperan su permiso. Y entonces, cuando asiente, se lanzan sobre la puerta del albergue. La derriban a la segunda patada. Someten a los porteros, al guardia armado le pegan un tiro en mitad del barrigón y lo dejan echado como bolsa, en la calle, escupiendo chorritos de sangre por la boca. Un toro tras la espada final.

Alcanzan el área de los catres y no permiten que ninguno de sus ocupantes se incorpore. Uno por uno, disparan. Dos, tres, cinco tiros en cabeza y torso, algunos dan pena tratando de esconderse o disolverse entre las cobijas. A otro, desafortunado, lo encuentran oculto al abrir las regaderas. Lo desnudan, le cortan una mano de un hachazo, le arrancan la verga entre risotadas y batallan cerca de diez minutos para tratar de metérsela por el culo pero sólo consiguen que expulse una masa negra que no saben si es sangre o mierda y en qué proporción. Cuando se aburren le pegan un tiro en la cara.

El Morro talla sus encías con furor. La boca le sabe a metal y entiende que necesitará más que un vaso de Jack Daniels para aliviar el gusto a medicina. Mientras espera que sus hombres terminen de ocuparse, levanta las mantas y rebusca entre los muertos una cara, un gesto particular. No logra dar con él y anima a sus empleados a seguir, matan a doce, quince, matan a los porteros amordazados y el Morro los regaña: se supone que sólo debían chingarse a los centroamericanos, tan pendejos, *chingao*, tan pendejos. ¡Mi puto hombre va a pagarme la mitad! Grita, impaciente.

La muchacha con las sienes rapadas no aparece. Debía estar allí. El cabrón jefe fue quien pidió, específicamente, que se la jodieran del modo más putamente sangriento. Una salvadoreña. Yein. La recuerda: los Rojos querían jodérsela y él mató al tipo y sus perros y la dejó volver. Pero el jefe ya no la quería viva. Yein. Una perra. Que no estaba allí. El Morro pregunta con gesto de cansancio a todo aquel con que se cruza si ya. Pero no. Nadie da con ella. Una rata de cocina es capaz de escurrirse por la menor grieta si se le acorrala. Cada maldito centroamericano de Santa Rita está allí, la cabeza y el cuerpo reventados a puro plomo, pero ninguno es Yein.

Entran al gimnasio vacío. Asoman bajo las camas, dan con el más inteligente de los albergados, que se coló en un compartimento mínimo en el patio. Discuten si prenderle fuego pero no encuentran a mano líquidos inflamables y al Morro le da pereza poner a sus hombres a ordeñarle gasolina a la camioneta. Está cansándose. Cuelgan por los pies al tipo, un muchacho de unos quince años, en el árbol junto a la puerta. Quieren pegarle de tiros pero una sirena resuena en la lejanía. Lo dejan allí, entonces, piñata con el destino postergado, gimiendo, sin atreverse a pedir que lo suelten, apretando ojos y rezando, rezando como alguien que no entiende el azar. Se van. Allí, colgado pero vivo, lo encuentra la policía.

Joel Luna bebía en un bar de la zona. Llega junto con la patrulla, alertado por la escandalera. Es el primero en llamar la atención sobre el muchacho que se retuerce como una sanguijuela en el anzuelo.

Los policías lo bajan pero les interesan más las huellas de sangre visibles, rastros que llevan al interior del albergue. Mientras Luna masajea los pies del muchacho y lo conforta, entran. No saben lo que hacen. Uno vomita de inmediato. El otro resiste hasta toparse con el castrado. Muertos, muertos todos, trenzados en una intrincada danza final.

El muchacho se cansa de gritar. Se abraza de Luna, le pega la cara a la oreja, tiene miedo de que lo escuchen.

—Lo oí al *hifueputa*. Dijo que lo mandó su hombre, su jefe. Lo oí.

Luna lo mira. El muchacho repite su historia. Calla y vuelve a comenzar. Circular. Circular. El *hifueputa*, lo oí, juro que lo oí. Luna casi le rompe la boca de un revés.

—Cállate, pendejo. Te cagaste de pura suerte. Se lo dijiste al único en Santa Rita que no te va a matar. Pero no lo repitas nunca.

El muchacho, los ojos desorbitados, babeante, aferrado a su brazo, asiente con la cabeza.

Por la mañana declara que no ha visto ni oído lo que vio y oyó.

Versión oficial 4

RATIFICA CONAMI COMPROMISO CON LA DEFENSA DE
MIGRANTES Y VOLUNTAD DE COLABORAR EN INDAGATORIA

La Comisión Nacional de Migración (Conami) Delegación Santa Rita expresa su más enérgico repudio a la agresión en contra de migrantes originarios de diversos países centroamericanos, hospedados en el albergue provisional "Plan de Ayala", dependiente de la Conami, en la ciudad de Santa Rita, Sta. Rita, por sujetos desconocidos, verificada la madrugada del 8 de julio próximo pasado, con saldo de quince fenecidos y un lesionado. Al menos dos de los fallecidos eran trabajadores de la Conami, caídos en el cumplimiento de su deber como parte de la lucha de las instituciones contra el crimen organizado.

Asimismo, esta Comisión ratifica su compromiso inalterable de proteger y salvaguardar los derechos humanos de toda persona, especialmente las familias que transiten por territorio mexicano, al margen de su condición migratoria, y su voluntad de colaborar con las autoridades policiales y judiciales pertinentes en las indagatorias de lo acontecido.

Personal especializado de la Conami será instruido en las próximas horas para atender oportunamente las necesidades del sobreviviente, así como las de los deudos que respondan por los fallecidos. Es necesario destacar que, en caso de considerarse necesario, se establecerán contactos con las embajadas y consulados correspondientes para apoyar con recursos económicos y gastos viáticos los traslados de dichos familiares desde sus lugares de origen en América Central.

Finalmente, se pondrá en marcha un programa de apoyo para cubrir los gastos hospitalarios, terapéuticos y funerarios generados por estos lamentables acontecimientos.

Santa Rita, Sta. Rita, a 9 de julio
Dirección de Prensa, Difusión y Vinculación
Comisión Nacional de Migración

Negra

EN EL SILENCIO DE LA OFICINA ERA POSIBLE ESCUCHAR el paciente hervor de la cafetera. No iba a beber aquel brebaje insípido. Fingía revisar mis papeles. La nena estaba en la escuela, Yein en el búngalo. No estaban a salvo ni tampoco yo, pero no podía mostrarme como una loca ante la oficina entera. Debimos irnos de Santa Rita aquella mañana y ahorrarnos tantos horrores. Pero Yein nunca hubiera aceptado marcharse sin intentar su desquite.

Vidal y el Delegado pasaron la mañana reunidos con la policía. El boletín de rutina circulaba desde el amanecer y los medios lo coreaban, incesantes, como si no resultara grotesco replicar el ejercicio corta-pega de cada vez. Pero quién recuerda la anterior matanza cuando aparece otra en escena, deslumbrante.

Una de las secretarias comenzó a referirle a su compañera sus hazañas eróticas con un hombrón que encabezaba las cuadrillas de las perpetuas obras del centro; glosas sobre la callosidad de sus manos o los alcances de su miembro. Lo ostentaba. Sus colegas abatidos a tiros, los migrantes sacrificados como puercos no le interesaban más que una buena verga.

No quería poner los pies en el café del sudamericano, me resigné a servirme una taza de la porquería instantánea de nuestra cafetera. Al pasar junto a las secretarias sonreí, como si entre nosotras existiera empatía. Intercambiaron miradas. Al regresar, me esperaban. Tenían un asunto que comentar, dijeron. Me invitaron a dejar la taza humeante en la mesita y seguirlas. Obedecí. Los baños de una oficina huelen siempre a un consomé que combina el aromatizante con la mierda diáfana. La más robusta se recargó en la puerta, obstruyéndola.

—Licenciada Irma, perdónenos la confiancita. Le queremos contar. Perdone.

Abrí la llave de las confidencias al sonreírles; ahora eran los soldados de un retén que me obligaba a permanecer firme y atender. La más delgada, una chica maquillada con palidez de mimo, se relamió los labios. Casi no podía creer la suerte de tenerme allí, a merced de sus habladurías.

—Una amiguita fue a los búngalos donde vive usted, Licenciada. De pasadita, de casualidad, con un pariente. Y dice que usted y el Licenciado Vidal... Pues se ven. O sea, los vio allí, por la ventana.

Eran raras las visitas en nuestro patio: el resto de búngalos miraba a otro pasillo. Para asomar a nuestra ala del edificio había que estar perdido. O arrastrarse sobre la grava con toda alevosía. Pude escupirles. Debí hacerlo.

—Mire, el Licenciado es guapo ¿no? O menos que antes, porque estaba delgado. Pero guapo. No crea que nos queremos meter.

Dejé caer una mirada desaprobatoria a sus zapatos. Recularon.

—Perdónenos la confianza.

La gorda sacudió la cabeza.

—Ya dile.

Mi teléfono comenzó a sonar. Lo acallé al segundo timbrazo. La flaca tomó valor.

—El Licenciado es raro. Nunca lo vimos con nadie, ni siquiera en los bares. Pero otra amiguita lo conoció en la capital, hace años. Sabe quién es. Y pues… –pasó más saliva– …pues nos dijo que el Licenciado se fue de allá porque se divorció. Estaba casado, con hijo y todo. Su señora era de una familia grande, importante pues. Pero algo hizo allá que, un día, lo echaron. Algo así como pegarle a la señora. Se divorció y lo mandaron acá. Al poco tiempo llegó el Delegado. Como que es gente suya, el Licenciado. O el Delegado gente del Licenciado. Tanto no sé. Pero queríamos decirle. Contarle. Que a lo mejor no es lo que usted cree. Tiene hasta un hijo…

Caminé a la puerta. No se atrevieron a detenerme. La gorda me franqueó el paso.

Vidal daba vueltas en su cubil; el Delegado miraba televisión en el propio. Bebía una cocacola y sostenía en alto, como un esgrimista, el control remoto. La ropa, como siempre, parecería quedarle grande, le pendía del pecho y los brazos. Me acerqué. Lo enfrenté, de pie bajo el marco de madera de su puerta. El Delegado, con su azoro habitual, me suplicó que me sentara. Se le abrieron las aletas de la nariz. Ojos húmedos, pupilas agrandadas. Ocupé el borde mismo de la silla. No iba a quedarme allí.

—A nadie le han matado gente tantas veces como a usted. Van tres ataques a los albergues. Y no hace nada. Mandé un reporte a la oficina de México, anoche. Les dije que usted es el líder de los putos polleros. Joel Luna tiene copia. Usted es. Es un hijo de puta.

El Delegado, rígido, cadavérico, parpadeaba. Estúpidamente. Al borde de un ictus. Se dejó caer al respaldo y, con mano temblorosa, extrajo un cigarro del bolsillo de la camisa. Lo encendió. Pulsó el teléfono.

—Ven.

Yo no había enviado reporte alguno y, desde luego, Joel no tenía en su poder la copia de nada comprometedor. Estaba extenuada, aterrada, necesitaba decirle lo que fuera al cabrón para quebrarlo. Puse las manos en las rodillas y las empuñé. Como si fuera a pelear. Como si pudiera tumbarle los dientes.

Vidal estaba en la puerta.

El Delegado me señaló con un dedo torcido. Hablaba de mí como si no estuviera enfrente: un fantasma, una perturbación.

—La pendeja. La pendeja mandó un informe acusándome.

Una lágrima brotó de su ojo inyectado. Pero el Delegado no lloraba. Se balanceaba. El cascarón de un insecto arrastrado por el aire.

El cubil de Vidal era un asco, visto a la distancia. Carecía de cortina, la puerta cerraba con dificultad. Las secretarias, flaca y gorda, nos observaban reñir con todo placer. Vidal, encorvado en la silla, me ahorcaba con los ojos. Le puse la mano sobre la boca para impedir que hablara.

—Me dijeron que le pegaste a tu mujer y por eso terminaste aquí.

Se echó atrás. Levantó la cara al cielorraso. Reía. Le hacía gracia.

—¿Terminé? ¿Creen que terminé aquí?

Me regresó la mirada.

—Mis problemas no se parecen a eso. Nunca le hubiera hecho algo a mi mujer. Mucho menos al niño. No me dejan verlo pero no tiene que ver.

Aporreé el escritorio bajo su nariz.

—Tú divorcio me vale madre. Mataron a los que debíamos vigilar. Dos veces después del incendio. Los mataron. Nadie vigiló. Los asesinaron.

—No a todos –dijo.

La posibilidad de que hablara de Yein me estremeció. Se obligó a susurrar.

—El Delegado es un pendejo. Él lo sabe. No sirve para un carajo. Pero no es el jefe de una banda. No mames. ¿No lees los reportajes de nuestro Pulitzer? Luna habría dado con algo ¿no? Lo que tiene es un matón cara de niño, nuestra sobreviviente, que no sabe una chingada, y un listado de bandas que le diste tú o alguien de la policía.

Me usurpó la mano con fuerza de oso.

—Esto no sirve. Ya sabemos. Pero no somos los que disparan.

Le retiré los dedos a tirones. Hubiera podido abofetearlo. Quería estar lejos, con la niña. Salí de allí sin darle otra mirada.

Tardé en dar con mi hija en medio del fragor de madres, profesoras y chiquillos que colmaban la salida de la escuela. Apareció, al fin, la mochila colgada al hombro y un paquete en la mano. Antes de que pudiera abrazarla, me extendió su carga. Era un bulto redondo, pequeño. Una manzana envuelta en una servilleta. Llevaba un mensaje escrito a mano, el papel. Caligrafía negra. Temblorosa. De plumón.

"Ustedes ya se van", decía.

La manzana rodó por el suelo.

Había aparecido, confesó al verme palidecer, en su mesita.

Su padre siempre fue un cerdo, un completo imbécil. Era

hora de que estuviera de regreso de clases pero no respondía porque sabía que era yo quien llamaba. Las compañías de teléfono nunca pensaron en algo así cuando instalaron sus identificadores. La niña había comido y su tarea estaba lista cuando el hijo de perra respondió, dos horas después. Yein, de guardia en el sofá, vigilaba a mi hija con ojos avivados. La portera lavaba platos y silbaba, ajena a mi pavor.

—Tengo que mandarte a la niña.

Se hizo el silencio. La línea estaba más contaminada de lo usual. O en su casa había una orgía o habían intervenido el teléfono.

—¿Oyes eso?

—¿Qué?

—Ruido.

Volvió a callarse. Me creía loca.

—Qué pasa con la niña.

—Recíbela unos días. Está feo, acá. Hay problemas.

Tercer silencio.

—Ahora es feo. ¿Sabes qué es lindo? Disney. Lindísimo. Allá deberían estar. Les pagué vuelos y hotel. Todo un paquete con entradas. Ahorraste quién sabe cuánto tiempo, como quedamos. Pagaste visas y pasaportes. Sólo tenías que ir. Y en lugar de eso te largaste a la puta Santa Rita, al culo del país, a enterrarles los muertos.

Era tan asqueroso que no entendía. Me afanaba en no subir la voz porque la niña no perdía palabra, aunque Yein trataba de distraerla con cosquillas y palmadas.

—No vamos a llegar a nada.

—No.

Resopló. La línea crepitaba, como si alguien se ahogara al otro lado.

—No la mandes. Tengo trabajo. Y no hay con quién dejarla. Te esperas a las vacaciones. O, si quieres, pagas la penalización y la llevas, ahora sí, como quedamos. No tengo más dinero.

Quería verme de rodillas. Siempre fue un hijo de puta. Ojalá estuviera aquí, pensé, ojalá pudiera convencer a Vidal, que lo triplicaba, de romperle el hocico y sacarle la lengua por la nuca.

—Necesito que la recibas, carajo. Nos amenazaron.

—¿Ahora sí soy el padre? Estás pendeja. Cálmate y vuelves a llamar.

Arrojé el aparato a la pared. El teléfono se rajó, las pilas rodaron por el mosaico. La portera, demudada, dejó caer un plato al fregadero. La niña bajó la cabeza; Yein se la llevó al televisor.

Cerca de una hora estuve de pie allí, apoyada en la barra de cemento que debería servir como desayunador y usábamos como almacén de bolsos y mochilas. Pensaba en lo que haría con el hígado y los ojos del padre de la niña el día que volviera a tenerlo enfrente.

Con el teléfono de la casa roto, Joel Luna debió marcarme al de la oficina. Su timbre me enfermaba.

—¿Estás bien? Me contaron que hiciste una escena en la oficina y te saliste.

—No, no estoy bien. Amenazaron a mi hija. Estoy mal, estoy pésimo.

Tardó veinte minutos en presentarse. La portera se encerró con la niña por instrucción mía; Yein y yo ocupamos el sofá de la sala. Luna se sentó en la alfombra, frente a nosotras; se retiró zapatos y calcetines, dejando ver unos pies retorcidos, sucios, que se rascó. Escuchó mi versión sin interrumpir: mis insultos al Delegado, la tibieza de Vidal, la amenaza.

—¿Dijiste que tengo un informe en su contra? Qué bien. Ojalá. ¿Y reaccionó?

Desaliñado, polvoriento, como si viniera del campo, le resplandecía la mirada. De su mochila sacó una cerveza envuelta en una bolsa de plástico negra; la bebió de un par de sorbos.

—Se cagó encima. Mandó a Vidal a calmarme.

—Vidal. El chupapitos de tu novio.

Yein resopló, celebrándole el chiste.

—Lo dije por odio. Nada más.

Se hizo de otra cerveza, una lata húmeda y golpeada. La llevó a sus labios. Yein hizo un gesto. Luna materializó otra lata, que le acercó.

—¿Les digo la verdad? Váyanse. Mientras haya sol. Se suben a un camión y se van a la capital.

Yein, ocupada en beber, negó con la cabeza.

A mí me temblaban las manos.

—Lo digo de verdad. Pídele perdón al Delegado, te das de baja por enfermedad y te largas. Mi amigo el capitán me pasó otro dato y voy a comprobarlo. Pero mañana, a más tardar, me voy a encargar de subirlas al pinche camión. A todas.

Yein, inerte como mueble, miraba el muro. Las náuseas me gobernaban. Quería recordar alguna canción y no podía, una melodía que me sacara el miedo de la cabeza. Quería estar lejos. Dos océanos entre nosotras y el señorío de los cerdos. Sin fuego. Sin cadáveres echando humo por la nariz. Sin manzanas que rodaran como cabezas.

—Hablamos en la noche –prometí–. Si averiguas algo, llamas.

Asintió. Se puso en pie. Me hizo una caricia cerca de la boca. A Yein le extendió la mano. Sonrió al ser ignorado.

Salió por la puerta, mochila al hombro.

No volvimos a verlo.

Tan pero tan biempensante

ESTOY SORPRENDIDO DE LO QUE ES CAPAZ DE ACEPTAR con tal de que la alimente y no traiga a la policía –aunque, de hecho, hacerlo implicaría poner en riesgo mi cabecita más que la suya, la ley la protege, en teoría, pero no tiene por qué saber tanto. No sólo limpia la casa y se hace cargo del perro sino que acepta permanecer bajo llave cuando salgo y no parece ofenderse cuando confieso que lo hago para que no pueda robarme y escapar. Las ventanas tienen rejas metálicas, la puerta cuenta con un doble cerrojo que instalé desde que sus semejantes decidieron colgarse del timbre todo el día y tocar desde que sale el sol la puta puerta aunque rara vez les abra. Le aseguro que cualquier vecino que la vea llamará a la patrulla, no se debe asomar siquiera por las ventanas. Pero le permito mirar la televisión y comer lo que se le antoje, aunque esto último no ha resultado conveniente porque he debido duplicar mis visitas al mercado. He optado por guardar bajo llave los productos que aprecio, así como el reloj de banderita que un día heredaré a mi niña o la comida que reservo para mi consumo; el resto los abandono a su apetito. Me gusta ser rudo con ella para que no se haga ilusiones en torno a la naturaleza de la relación que sostenemos. Que no me vea enternecido, vulnerable o débil es prioridad. Para dejárselo claro suelo darle de manotazos cuando algo *cae al piso. No un golpe ni mucho menos, un simple roce de dedos, un suave correctivo como los que le daba al Rafa cuando era un cachorro. Me sorprende, digo, que los acepte sin rebelarse, con agradecimiento. También, debo reconocer, me extraña la naturalidad con que ha consentido que la toque. Soy hombre de apetitos repentinos y ella ha debido habituarse a que la asalte mientras se ducha, come o camina a menos de diez metros de donde preparo una clase. Cada cosa que me pasa por la cabeza he podido cometerla con su anuencia explícita o implícita, sostengo, porque incluso la he descubierto silbando por lo bajo cuando cree que no miro. Como no puedo inyectarla porque no sé cómo, le traje pastillas apropiadas de la farmacia y las toma sin falta, frente a mí, cada mañana, antes de preparar el café. Me horrorizaría preñarla. Aunque es posible que ella sí aceptara que nuestra hipotética cría se llamara Elizabeth. Le acaricio la cabeza y le revuelvo el pelo o se la zarandeo como una pera de box; la beso en los labios o le muerdo una mejilla y una oreja. Le limpio los sucios oídos con la lengua. Le cepillo los dientes con suavidad, tallo su lengua y la animo a enjuagarse y utilizar el hilo dental que le compré. O le chupo la punta de la nariz y le sorbo los mocos. O le mordisqueo el cuello y se lo marco. Tiene tatuado un hombro y me agrada roérselo. También procuro tomarle los senos en las manos, aun cuando son demasiado pequeños para hacer con ellos nada más que mamarlos o jalonearlos. Sus pezones son oscuros, les crecían pelos en la areola pero los arranqué con una pinza y no han reaparecido. Su espalda se ha ido reblandeciendo a fuerza de cremas y masajes pero el callo que dejó la mochila en el hombro sin tatuar, me temo, perdurará toda la vida. Su ombligo, demasiado prominente en una mujer flaca, tampoco tiene remedio. Ni siquiera dan ganas de lamerlo. Me entretiene tironearle el vello del pubis y meterle los dedos a la vagina cada vez que puedo y hacer que los lama. Lo mismo con el culo. Eso me divierte. También hacerla arrodillar e introducirle todos los objetos imaginables para el caso. Lo acepta con una pasividad animal que recuerda la de las vacas en la ordeña. Frutas, verduras, el mango del cepillo, el cuello de un frasco de shampoo, incluso la correa de mi relojito de bandera, aunque un perno la arañó y decidí no usarlo más. No me dice mucho, a veces se queja por lo bajo o, quiero creer, se excita. Eso no puedo decirlo. Tampoco lo aseguraría. Me agota su presencia. He faltado a clases y mis alumnos y el coordinador me imaginan deprimido. Me protege el hecho de que he sido un profesor minucioso y entregado, así que se preocupan por mí en vez de denunciar mi negligencia. A veces, por más agotado que me deje el esfuerzo físico de poseerla, no concilio el sueño. Temo que me delate; temo, sobre todo, que huya. Que de pronto sepa que no debe soportar estos usos y se largue. La puerta tiene ahora cuatro cerrojos. Toda irrupción en casa me irrita. Detesto que sus hermanos, pordioseros de pellejo rostizado, golpeen la puerta como si hubieran venido por ella. Estallo cuando la madre de mi hija llama por teléfono y suplica, por amor de Dios, que reciba a la niña porque se metió en no sé qué problema absurdo en Santa Rita, el puto infierno, y teme que las ataquen. ¿Traer a mi pequeñita Irma a este agujero, para que mire a su padre como bestia, mal rasurada y pálida y volcada en machacar cada milímetro del cuerpo de un huésped? Por supuesto que no, le reprocho lo que sea para ofenderla, conozco a la Negra y a la primera frase dura arroja el teléfono. Mi niña no puede verme ni quiero que venga mientras tenga en las manos la oportunidad de devorar viva a la flaca. Ella también es hija de alguien, me digo, en alguna parte hay un padre, el suyo, detrás de una puerta como esta. Pero vale madre que esté en el mismo cielo. Ya no voy a parar.*

Bisturí

Es tarde; el sudamericano hace las cuentas del café antes de marcharse. Su apartamento está a dos cuadras escasas: se regodea en sumas y restas y se excede incluso, adelanta el trabajo de la mañana al dejar listas las cafeteras y bocabajo los jarros y acomodados los centros florales de mesa. El negocio marcha bien y su molido particular, la niña de sus ojos, el orgánico, lleva dos semanas de venderse en bolsitas con buen resultado. El mercado es diminuto en Santa Rita pero entre desayunos y comidas de burócratas, parejitas de novios por la tarde y bolsas de grano molido, ha comenzado a recibir ganancias. Podrá comprarse la motocicleta que codicia sin que nadie se pregunte de dónde sacó el dinero. El Morro prometió que en cuanto el periodista regrese a la capital le permitirá hacerlo. Eso lo alienta. No le han faltado mujeres desde que llegó a la ciudad (para él es un pueblo, a decir verdad, muy poco majestuoso) pero una motocicleta y la exhibición de prosperidad lo harán entrar al circuito de las muchachas de familia y no conformarse, como hasta ahora, con estudiantes de higiene eventual o casadas con la cadera a punto de desbordárseles.

Se detiene a girar la doble llave. La calle desierta, naturalmente, las oficinas llevan dos horas cerradas. A lo lejos suena una radio, musiquilla pegajosa, tropical. *Si tú quieres bailar, sopa de caracol. Si tú quieres bailar.* Siente el cuchillo en las costillas, sabe que no debe voltearse. Se le congela el estómago. Le arde el paladar. Registra a la perfección el filo de una punta en su costado. Cierra los ojos. El Morro debe estar a menos de diez cuadras, en la bodega del bar casposo que le sirve de oficina. Pero ni él ni los suyos tienen por qué asomarse por aquí. Nadie vendrá en su auxilio.

—Dónde está el jefe.

—No tengo. Soy el dueño. Si me esperas, abro y te doy la ganancia del día. Está en caja.

El pinchazo lo hace brincar. Debe contenerse porque dar un grito o intentar huir asegurará que le metan el cuchillo en las tripas.

—Tu jefe. El cara de niño.

—No sé quién.

Se dobla y cae de rodillas cuando el filo ingresa en su carne y le toca un hueso. Debería tirar un codazo y revolverse pero no puede, no tiene fuerzas, le duele y no puede gritar porque le falta el aire. Le golpean el costado de la cabeza. Se siente enclenque, un niño. El puñetazo no lo lastima: lo aturde. Mira su sangre caer por la pierna, tibia como orina.

—¿No sabes?

Nunca lo amenazó, el Morro, con matarlo si lo delataba. Se daba por sentado. Pero el sudamericano no puede respirar, siente que una mano negra le cubre nariz y boca y decide doblarse. No dará ese codazo salvador. No sabría cómo. Pide la palabra con un lamento. Babea.

—El bar se llama El Pescado. Calle abajo, diez cuadras a la izquierda y luego recto. Usan el cuarto del fondo, una bodega. No vas a poder pasar.

Le cortan la garganta con exactitud de cirujano. El bisturí robado de la clínica cumple, finalmente, la profecía de peligro que se arrojó sobre él. El tipo cae, llevándose las manos al cuello, empapándose inútilmente de sangre. No volverá a respirar pero aún se retuerce cuando Yein le patea la cabeza, le escupe y comienza el camino hacia el bar.

El sudamericano cierra los ojos, la oscuridad lo rodea. Se resigna a dormir.

Algún borracho caritativo, neciamente, lo tapará con periódicos al pasar junto a él, una hora después. Muchos transitarán a su lado tomándolo por un ebrio. El cadáver del dueño del café será reconocido como tal a la salida del sol, cuando las manchas embebidas en las hojas del diario resulten inocultables.

Negra

L UNA NO VOLVIÓ DE SU EXCURSIÓN NI RESPONDIÓ EL teléfono. Yein rumiaba, agria. Qué podíamos hacer, si la policía era menos confiable que los polleros. Decidí que si el padre de la niña no la aceptaba, encontraría la forma de mandarla con los míos. Ya la alcanzaría después. La quería lejos pero no me iría de Santa Rita mientras Yein no aceptara acompañarme.

Atesoraba en el banco el dinero reservado para el viaje y gastábamos tan poco, con la colegiatura de la nena y la renta del búngalo pagados por la Conami, que nuestros ahorros sobrevivirían una larga temporada. Si la alternativa de mis padres fallaba (o el temor de que, al buscarnos, terminaran por asesinarlos se imponía), quedaba aún el recurso de desempolvar los boletos a Disneylandia. Sonreí al pensarlo. Pero no era momento. Improvisé ante la portera la noticia de un falso viaje a la capital y la instruí para que dispusiera unas maletas con lo necesario, ropa, zapatos, pasta de dientes. Le ordené también preparar equipaje para Yein. Con mi ropa. La portera asintió. Yein se encogió de hombros. Como si no suscribiera mi idea pero no la descartara tampoco. Salí a la calle para comprar los últimos artículos de higiene. Ella, las manos en los bolsillos del pantalón, silbaba.

Ya había dejado el búngalo cuando volví. La portera ni siquiera se percató de su escapatoria, recluida con la niña en la recámara. Una mueca de irritación la traicionó cuando levanté la voz, recriminándole su estupidez. La niña, perpleja, se le repegaba en las piernas. Suspiré. Tuve que disculparme. La portera rezongaba por lo bajo. Dediqué cuarenta minutos a marcar alternativamente los dos números de Joel Luna. Nunca respondió.

Llamé, finalmente, a Vidal, a quien había evitado toda la tarde. Debía estar intranquilo: ni volví a la oficina ni respondí sus llamadas luego de nuestra riña. No dejó timbrar dos veces.

—¿Estás mejor?

Su voz era dura. Por poco me doblo. Me tragué las lágrimas.

—No. Vino Joel Luna, contó cosas sobre el Delegado. Y ahora no aparece.

—¿Luna? ¿A dónde fue?

—Ni idea. Dijo que revisaría unas cosas.

Vidal resoplaba. Tras él se escuchaban voces, vasos entrechocados.

—Estoy en una cena. Pero lo de Luna es extraño, está mal. Me preocupa, no vino a la oficina. ¿Estás en tu casa? Voy allá.

Aborrecía que Vidal siguiera la línea y se negara a reconocer la porquería que era su jefe pero me reconfortó oírle la voz. Las maletas estaban preparadas. Las acomodé junto a la cama de la niña y la acosté con una hora de anticipación pese a su muda protesta. La portera, indignada aún, se fue sin mayor ceremonia. No tenía ánimos para explicarle nada.

Vidal apareció al rato, resplandeciente, como recién salido del baño. Me hizo de cenar, escuchó mi historia, las amenazas, la visita de Luna, la negativa del padre de la niña a recibirla. Me extendí en elucubraciones sobre la culpabilidad del Delegado y la certeza de su confabulación con quienes atacaban los albergues. Vidal se chupaba las puntas de los dedos.

—¿Mandaste a la nena a dormir? Bien. ¿Yein?

Brinqué.

—No estaba entre los muertos del albergue y tuve que pasar dos horas mirándolos en el anfiteatro, junto con la policía. No la mencionaste. Supongo que la tienes aquí.

Cerré los ojos. Me abochornaba habérselo ocultado.

—Salió. Tampoco tengo idea de a dónde. Debe estar aterrada, porque Luna no aparece. Yein le contó cosas.

Vidal asintió con semblante inmutable. Descorchó una botella de vino, sirvió dos vasos.

—Hay que pensar.

Quise pedirle que se largara de Santa Rita conmigo. Me detuve. Apenas habíamos pasado juntos unas noches. Y no era capaz de creerme. Nos besamos. Quiso llevarme a la cama: lo rechacé.

Habrán pasado dos horas, bebíamos, hablábamos de canciones, gatos, árboles, pianos. Sonó su teléfono. El timbre, idéntico al mío, repugnante. Se echó el aparato a la oreja y, un segundo después, se llevó la mano a la cara.

—El Delegado estaba en una cena con gente de la oficina. Salí de ahí para venir. Acaban de quemar el lugar. Hay muertos.

Corrí a implorarle perdón a la portera, nadie más podía custodiar a la niña. Aceptó sin alegría. Saltamos a la calle.

Sirenas policiales.

La luna iluminaba una columna de humo alta como una montaña.

FUEGO

E L PESCADO: TINIEBLAS MALAMENTE PALIADAS POR
foquitos. Resuena una rocola de monedas y Yein reconoce en sus estruendos la música que, a lo lejos, ame-
nizó el corte del cuello sudamericano. A la puerta, de viejo
acero claveteado, le cuelga de la manija una cadena adere-
zada por un candado. Oxidado, por supuesto. Ambos muy
sólidos. No debe ser cosa simple, colarse a robar al Pescado.

Da unas vueltas por la banqueta, merodea, se aprovecha
de que no es visible ningún portero para curiosear por las
ventanas. El lugar, rebosante de cortinajes y mesas ocupa-
das por ebrios y putas adolescentes, es alumbrado por unas
lámparas giratorias que proyectan sobre la pared sombras
que indudablemente corresponden a ballenas, delfines, fo-
cas. Todos mamíferos y ninguno pez pero ni Yein ni quien
instaló los candiles (o bautizó el sitio) lo saben.

Consigue tal escandalera, la música, que nadie registra su
incursión. De pronto, la asalta la seguridad de que no hay portero o guardianes porque nadie en Santa Rita, nadie que tema
que lo descuarticen y hagan gelatina con su familia y amigos
al menos, se atrevería a entrar sin autorización. Sonríe.

El portón de acero es el único ingreso. Las ventanas, enrejadas, tal como se acostumbra en Santa Rita, sólo sirven

para mirar a través. Curiosa concesión al pasado colonial. Rejas, rejas como las que impidieron que escaparan del albergue y obligaron a caer sofocados o carbonizados o cosidos a tiros a su marido y los demás. Sólo Yein sigue en pie. Los demás han muerto casi todos o fueron obligados a regresar. No hay santuario para ellos en este país. Lloramos a nuestros muertos mientras asesinamos y arrojamos a las zanjas a legiones de extranjeros y lo hacemos sin despeinarnos ni parpadear. Un país de víctimas con fauces y garras de tigre.

La última ventana asoma a una bodega bien iluminada, con decenas de cajas de alcohol apiladas junto a los muros. Un grupo de hombres bebe en torno a una mesa. Fuman, ríen. Yein debe encaramarse sobre unos tanques de gas, colocados bajo el borde metálico del ventanal, para diferenciarles las caras. Teme hacer ruido. Alrededor hay un apiladero de periódicos fangosos, cajas de verdura que sirven como nichos fúnebres para manteles y servilletas apolillados, percudidos. Trepa como puede, observa desde la negrura.

Destacan el rostro enjuto del Delegado y el de res oronda del policía, ese comemierda que la ha interrogado, para nada, tres veces. Corbatas flojas, cabellos fuera de lugar, ojos encendidos por el ron y el tizne de los cigarros. En las rodillas del agente, empinada como gárgola, ríe una muchacha: le besa el cuello y la frente y, cree notar Yein, lame las yemas de sus dedos.

El Delegado tiene las manos repletas de naipes. Frente a su jeta, el Morro se llena la boca de cacahuates. Un mono ávido. Yein lo reconoce y sabe, la trabajadora social se lo dijo, que este botudo es un jefe de polleros. El muchachito festeja su éxito en las cartas. Saca la lengua, como si estuviera por realizar una travesura, se empina una botella de alcohol tan dispendiosa como su chamarra de cuero o el sombrero de cowboy. Hay más hombres alrededor. Anidan mujeres en los regazos; les meten la mano por el escote o bajo las faldas. Algunos con pinta de funcionarios; otros, de delincuentes. No hay tiempo ni necesidad de distinguir unos de otros. Ellos tampoco lo intentan.

Esto era lo que Luna sabía, piensa Yein. O no lo piensa, lo sabe. Y sabe también, como cualquiera que se detenga a considerarlo, que trabajan juntos, los polleros y quienes cobran por combatirlos. De otro modo no hay negocio. Mirarlos beber, manosear, jugar cartas juntos, como familia, es, cuando menos, natural. Forzoso. Casi deseable.

Yein sabe. Baja de su atalaya, camina hasta una tienda de abarrotes. Repican en su mano las monedas que tomó de la cocina de la trabajadora social antes de que la portera las robara, como acostumbra. Compra cigarros baratos y cerillos. Regresa. Luna alta en el cielo. Sus pasos no se escuchan sobre el adoquín de la calle. Trancos rápidos, de bestia que caza.

Porque ahora caza.

No iba a ser una mosca aplastada toda la vida ¿no?

Nadie nace para eso.

Lo primero es volver a escalar la pila de trapos y periódicos hasta alcanzar los tanques. Unos vecinos suyos, en Acajutla, murieron cuando estalló su depósito casero porque se botó la manguerita y el gas se regó por los aires cuando quisieron encender la estufa.

Arranca la dichosa manguerita con esfuerzo, al tercer intento. Se hace un corte en la mano, lo lame con fruición. El gas no emite sonido alguno y pasarán varios minutos antes de que su olor se concentre al grado de ser notado. Hurga en los cajones de madera, se hace con dos trapos grasientos. De pie ante la puerta del local, llega a considerarse, durante un momento, como un ángel. Recuerda al que ocupaba el nicho izquierdo de la iglesia de su pueblo: un mozo rubio, portador de una espada en llamas. Pero su cabello es negro. Largo en el centro, rapado en los costados. Las putas la notan, allí, de pie. Les provoca una sonrisa. Yein sostiene el trapo en las manos y se piensan que ha venido a lustrar los zapatos de la concurrencia.

Cierra las puertas por fuera. Echa la cadena y el candado, que crujen y cumplen su deber. Les da un tirón para corroborarlo. Cerrado: el culo de un cocodrilo, la puerta del edén. Nadie se moverá de allí, ni siquiera quien tenga la llave podrá retirar el candado si no logra escurrirse fuera y eso no será gracias a las rejas, tan santarritenses. Allí se quedarán.

Camina a la última ventana, la final. La luna como lámpara de teatro. Saca los cerillos, se afana en encender la orilla del trapo. Sorda ante los golpes que comienza a escuchar y que, cadenciosos, llegan desde la entrada principal, persiste. Si abrieran el candado, todo se arruinaría. Pero no. Resistirá. Siempre resisten.

Unas llamitas amarillas giran en el trapo. El olor a gas ya es ostensible; sólo un grupo de búfalos atontado por el alcohol y las prostitutas no se percataría de él. Es el caso. Yein dispone el trapo encendido, retrocede dos pasos, toma puntería. Debe dar un pequeño salto para lanzarlo. Reza interior, desordenadamente, para que haya escapado el gas necesario y, ayudado por trapos y periódicos, logre darle vida a un fogonazo respetable.

No espera lo que sucede cuando el trapo aterriza.

El estallido, veloz como la fulminación, la arroja por los aires. Los tanques escupen llamaradas. Puñetazos de Dios, a derecha e izquierda. Ya no hay pared bajo el enrejado. No hay habitación. Buitres y putas han sido abatidos, segados por la mano gigante de un Rey Todopoderoso, intervencionista, rostros ennegrecidos por la sangre, miembros rotos, contrahechos por la metralla de hierro, vidrio, roca. El alcohol contenido en las cajas se prende. La puerta del fondo, que une la bodega al resto del local, salta y más fuego es vomitado por ella como por la boca de un dragón. Arden los cortinajes y los parroquianos.

El fuego se hace cargo, sus dedos rebuscan víctimas debajo de cada mesa y al fondo de la última grieta. El candado de la puerta, como era su deber, no cede.

El Delegado permanece sereno: la espalda interrumpida por los restos del muro y los brazos derrengados. Un fragmento de la reja se le ha metido al ojo y, la radiografía lo mostrará después, durante la autopsia, le ha separado el cerebro en dos. El agente policial cayó sobre el costado. En su agonía consiguió desenfundar la pistola reglamentaria y morir con ella en la mano. Como un hombre. Su brazo, una pura llaga calcinada.

La peor parte le corresponde al Morro, que al instante de la explosión estaba en pie, resurtiéndose el vaso con unas pulgadas de whisky. Tres de las varillas metálicas le atraviesan la espalda y asoman por su pecho. El sombrero de cowboy se le voló de la cabeza. Su rostro infantil, inexpresivo. Ojos entreabiertos, boca floja. Alguien, en el anfiteatro, observará más tarde que el Morro no llegó a perder ni un pelo. Su cadáver, una vez retirada la metralla del torso, resultará razonablemente atractivo. Su madre, allá en Chihuahua, podrá besarle la frente mil veces al recibirlo. Seguirá, hasta el fin, pareciéndole su muchacho, el de siempre.

Yein abre los ojos. Bocabajo, como perro vencido, jadea. No siente las piernas. Mira su mano encorvada, ulcerada. De la boca le escurre sangre a borbotones. Trata de buscarse los dientes; se topa con un par por ahí, rotos entre los labios.

Calla la música. Se escucha el crujir del fuego, unos golpes desanimados en la puerta, sirenas que se acercan. Las únicas tres ambulancias en toda Santa Rita.

La luna sigue allí, arroja luz sobre la mueca sangrante de Yein. El cuerpo le duele tanto que ya no es capaz de soportar.

Pero ríe.

Todo salió mal. Todo resultó perfecto.

Cierra los ojos, escucha el canto de las sirenas.

TODAVÍA BIEMPENSANTE

C UANDO LA PONGO DE CARA A LA PARED, PIENSO. QUE le quieren hacer daño a mi hija, arrastrada por su madre al puto culo del país sólo para alejarla de mí. En todas las veces que la Negra, hija de su puta madre, me la ha negado al teléfono o la obliga a cortar la llamada a los cinco minutos. No, no sabía cómo hablar con la niña porque nadie sabe cómo, los niños sólo hablan sobre animales y rara vez, si alguna, saben qué decirle al padre que ven cada tantas semanas. Cuando pongo bocabajo a la flaca y la toco por dentro pienso en los meses de culpa que la bebida atontaba pero que resurgía, triunfante, al amanecer. En los meses de clases inútiles para pendejos que no las quieren ni necesitan. Yo quiero. Yo necesito. Yo tengo. La tengo. Y ella muerde la sábana y resiste. Le doy buena comida, algo de dinero y, con excepción de que salga a la calle, hace lo que le plazca. No olvido desconectar el teléfono al irme de casa ni echarle doble llave a la puerta. Quizá lograría escapar por la barda del patio trasero, donde duerme el Rafa los días de calor, pero no lo ha probado. Acopia el dinero que le entrego (no he descubierto aún dónde lo guarda) y tolera mis asaltos con algo que ya no sé si calificar de cristiana paciencia o estoicismo griego. La he convertido en un artefacto, indistinguible de los huesos de goma o las mantitas donde duerme el *perro y ella me paga con un rostro impasible, que sólo rara vez, cuando soy violento, condesciende a un ademán dolorido. Por las noches sueño que nos casamos, que debo llevarla a un baile y presentarla ante mis padres o, peor, ante mis pares de la facultad y el alumnado. Cómo podría explicarla, cómo resistir que besara las mejillas de mis amistades y contara que nos conocimos cuando tocó la puerta de casa para rogar por dinero, se ofreció a barrer o limpiar el automóvil con tal de conseguirlo y se prestó a marranadas para reunir más. No, no se prestó. Yo le salté encima. Pero si estuviéramos casados tendría que dar una versión comprensiva de lo que sucede. Eso espero. Aunque ya divorciada, cuando se diera cuenta que puede tener un hombre mejor en cinco minutos, terminaría por contarlo: me encontró bañándome en su habitación, señor periodista, se me echó encima, me violó. Pero cuál señor periodista, si los centroamericanos interesan ligeramente menos que las mascotas de los futbolistas y mil veces menos que los muertos verdaderos, los muertos nacionales. Una procesión de cientos de miles de ellos pasa bajo nuestras ventanas y su desaparición nos parece una noticia tan sugestiva como la migración de patos o mariposas monarca. Y las mariposas son, al menos, un atractivo turístico. Todo esto, de una forma abstracta, porque nunca se piensa como se habla, es lo que considero mientras estoy en ella para que mi estancia se prolongue un poco. Las primeras veces, mi orgasmo era simultáneo al contacto. Lo único peor que ser un violador es ser, además, uno con eyaculación precoz. Claro, sobraban motivos. La Negra había sido mi última mujer estable (todo lo estable que pueda ser una mujer con la que no viviste, de la que comenzaste a huir a las pocas semanas). Luego de ella y hasta la llegada de la flaca, todo fueron prostitutas o mujeres ebrias y ya mayores sorprendidas en los bares. Como aquella esposa de un joyero que* sonrió y dijo: soy tan feliz cogiendo que puede hacer que me venga hasta un gato. Ni siquiera necesito que sepas hacerlo. Eso me tranquilizó tanto que no pude lograr una erección en los primeros minutos, después me comporté bien. No sé por qué no volví a verla. Quizá porque se burló de mi reloj de banderita, me dijo que no valía nada, su marido era joyero. Me limpio en la ducha y le pido que me acompañe y lo hace, no sé si de mala gana o con voluntad. Juro que no la he golpeado fuera de nuestros juegos (cómo llamar así a lo que se juega sólo por una de las partes, cómo dejar de hacerlo). Le solicito que me enjabone. Lo hace con desgano. Imagino que tengo todo lo que tendría si nos amáramos salvo su voluntad. Y sin voluntad todo es sombra, simulación. Me aterra que le hagan algo a la niña pero no puedo recibirla y que me vea en este escenario. Mi única esperanza sería recomenzar en serio con la flaca, conseguir que perdone, convertirme en su salvación. ¿Por qué no podríamos quedarnos juntos si soy capaz de darle más de lo que tiene y de lo que podría aspirar en su país? Quizá podríamos llegar a casarnos de verdad y reclamar la custodia de mi Irmita. La Negrita, señor juez, llevó a la niña de cabeza a Santa Rita, que es el culo del país, el apestoso desagüe de lo peor que tenemos. Y entonces, flaquita, la recuperaríamos y podríamos llevarla, cómo no, a Disney. Aunque no. Tampoco seremos ingenuos y te llevaremos a donde podrías escapar ¿no? Salgo de la ducha, vuelvo a asaltarla. Pero esta vez la beso y le digo, con franqueza suicida, que la amo.

Negra

UNA NOCHE CÁLIDA, DE LUNA BRILLANTE, DIO PASO a un amanecer gris. Si pienso en el día exacto lo recuerdo lluvioso, pero es mentira: la bruma era la humareda. El olor a piel calcinada. Piel humana. Hueso y pelo. Apestaban. Había que vomitar. Lo hice, sobre mis zapatos, apenas detuvimos el automóvil. Vidal me sostuvo hasta asegurarse que no me ahogaría, y entonces se abrió paso a empellones entre los curiosos, los reporteros locales y el amasijo de rescatistas, agentes, bomberos. Yo marchaba detrás, aprovechando la onda de vacío que creaba para avanzar.

Un rótulo resquebrajado avisaba el nombre del local: El Pescado. Uno de los agentes confesó a Vidal que podría haber llegado antes pero se había retrasado para levantar a otro muerto. Un tipo al que habían destripado a cuchilladas a unos metros de la Conami, dijo. Vidal, cruzado de brazos, asentía, impaciente. Su ceño hacía pensar en un toro.

El costado del local hacía esquina con un callejón: estaba destrozado. La puerta principal, humeante como olla de presión, fue echada abajo por los bomberos. Una cadena ennegrecida impidió que los parroquianos huyeran. Allí estaban sus cuerpos, apilados. Un dique para la inundación.

Adentro, el hollín no permitía reconocer más que manchones. Caminamos por el exterior de la construcción hasta dar con la pila de escombro, ceniza y restos a la vuelta de la manzana. El estallido allí había sido descomunal. Un cuerpo había perdido toda forma humana; lo sacaban en camilla. Al fondo del boquete, reparé con otra arcada, estaba el Delegado. Una varilla asomándole del ojo. Me torcí. Vidal resoplaba, no sé si confuso o al borde del desmayo. Forcejeó con un policía, identificación en mano –el oficial lo miró a los ojos, bajó la cabeza y dio un paso al costado– para ingresar. Lo seguí.

Se acuclilló junto al cuerpo. La faz negra, la boca abierta en un gesto último de queja o sorpresa. Un metro más allá, el policía encargado de los interrogatorios. Y más cuerpos. Un paramédico atendía a una mujer que gemía, a medias consciente. Y cerca de la calle estaba el Morro, atravesado por la mitad del enrejado. Toqué el hombro de Vidal para que lo notara. Se violentó. Se puso en pie con una sacudida y contempló los cuerpos rotos. Que la Conami y los polleros tenían negocios resultaba ya tan evidente que hasta él debía reconocerlo.

Resolvimos quedarnos allí mientras retrataban a los muertos y organizaban su traslado. Pero pronto hubo demasiada gente alrededor y debimos apartarnos. Volvimos a cruzar el cordón, esquivamos los escombros. El teléfono de Vidal resonó. Respondió, cortante. Me aparté. Descubrí, al otro lado de la calle, un cuerpo más. Permanecía abatido, ignorado. Me incliné para mirarle la cara.

Yein.

Una descarga de horror me sacudió las tripas, del culo a la boca. Un dolor agudo, como los que retuercen el alma al final del embarazo. Respiraba, ella, inconsciente. Su rostro era un borrón de sangre. No pude gritar. La abracé de cualquier modo y bufé. Entreabrió los ojos, intentó hablar con una boca sin dientes. Apareció Vidal, de pie, a nuestro lado.

—El muerto a cuchilladas era el tipo del café. El ricitos –hizo una pausa, acaso incrédula–. ¿Yein?

Arrastramos a un paramédico y lo ayudamos a subirla a una camilla. Yein murmuraba. Las ambulancias están hasta la madre, nos dijo el rescatista, alejándose. Demasiados cuerpos para un pueblo chico. Vidal me jaló a la sombra. Sudaba.

—Se va a morir si no la atienden ya. Voy a hacer que la lleven al hospital aunque tenga que agarrarme a madrazos con uno de estos. Tú regrésate a la oficina, por favor, llama a México. Diles que mataron al Delegado. Que lo sepan. Se va a poner mal. Todo. Que manden ayuda.

No quería soltar a Yein pero el temor a que muriera y la situación se saliera de madre y nos arrastrara a la niña y a mí fue mayor que el de abandonarla. Me aterraba pensar que se muriera allí, en una camilla. La dejé en brazos de Vidal y sin darle una mirada, corrí.

Mi niña. Necesitaba abrazarla.

Calle arriba, en torno al local destruido, revoloteaba un tumulto que aumentaba cada minuto. Me abrí brecha a codazos entre la apiñadura de mirones. Logré superarlos. Llamé a la portera, que respondió de mala gana luego de diez timbrazos. Estaban bien, insistió. Le imploré que se encerrara con la niña en el búngalo.

La delegación, cerrada y oscura, no había recibido aún ninguna alarma. Tuve que aporrear el portón para que el velador asomara tras la ventanita enrejada y me permitiera pasar. Le di instrucciones para que abriera la oficina del Delegado y preparara café.

Nunca antes me senté en una silla como aquella. Articulada para permanecer en cada posición posible del cuerpo, dotada de ruedas y resortes que permitían todo tipo de flexiones, el cuero de su tapiz suave y algo arruinado en las abrazaderas, justo donde el Delegado colocaba sus manos mientras le rendían informes o le recitaban las actividades del día.

Nunca más.

Llamé a la oficina central, la madre superiora de los delegados del país; nadie respondió. Eran las siete de la mañana; nadie pisaría una oficina federal antes de las nueve o diez. Abrí el directorio del muerto (nombres principales de la república saltaban allá y acá) y di con el número de un superior. Lo marqué con dificultades: las llamadas estaban restringidas por decreto y era obligatorio marcar un código de doce cifras luego de pulsar las doce del número. Tuve que hacerlo tres, cinco, seis veces. Demasiados números. Al fin, una voz destemplada respondió.

—¿Bueno? Aquí Suárez. Qué pasa, carajo.

No recuerdo qué palabras utilicé o si sólo gemí y balbuceé cualquier retahíla de frases sin sentido: lo perturbé lo suficiente como para que me tomara en serio. No preguntó mi nombre ni cargo, tan sólo repitió varias veces en voz alta lo que le informaba, para corroborar que lo comprendía. Muertos. Problemas. Adiós al desayuno en familia. Resopló y guardó un instante de silencio. Lo rompió con otro bufido. Estaba cagado.

—Voy a avisar al Comisionado Presidente. Que el personal

vaya a la oficina y trabaje una propuesta de nota con lo que sepa.

Cortó la comunicación. El velador, frente a mí, juntaba las manos en torno a la jarra de café como si rezara. Le pedí que la dejara en la mesa. Obedeció con azoro. No separaba la vista de mis manos, expectante.

—La secretaria de la puerta ¿cómo se llama?

—Carmen, Licenciada.

—Que venga y llame al personal. Vamos a hacer una nota para la oficina de México. Ellos decidirán si se usa.

El velador no se movió.

Tampoco hablaba. Me impacienté.

—¿Sí?

—Oiga, Licenciada.

—Dígame.

—¿El Licenciado Vidal está bien? Digo ¿vivo? Oí en la radio que se chingaron al Delegado, pero no que el Licenciado fuera uno de los muertos.

Se refugió en una vaga mirada de pena.

—No, está bien. Se quedó allá, con la policía.

El velador asintió, confortado.

—Bendito Dios.

Volví la vista al directorio en busca de otros contactos pero el hombre no se largaba.

—¿Sí?

—¿Usted trabaja con el Licenciado, verdad? Los he visto juntos.

Nunca una relación de oficina ha logrado pasar incógnita ante los ojos de quienes la rodean. Puedes ocultarte bajo la última piedra del desierto pero sabrán si te acuestas con alguien. Lo huelen. Lo lamen del aire. No lo negué.

—¿Pasa algo?

—No, no. Nomás le pido que le diga al Licenciado que nos cuide a la hora que vengan los de México. Ya sabe que ellos ordenan lo que hacemos, pues, pero que no nos agarren de pretexto. De bajada, pues. Nosotros hacemos lo que dice México. Lo que nos dice el Licenciado Vidal. Dígale que nos cuide. Que nos siga cuidando.

Agradeció con la cabeza y, finalmente, se marchó.

Cavilé largos minutos en el sitial del muerto.

Vidal.

Vidal había llegado al búngalo de la cena con el Delegado. Eso dijo, tal cual. Había estado allí, en la bodega, con el Pirulí, el policía, el Morro y los suyos antes de venir a casa.

Y tenía a Yein.

Llamé al hospital. Tardaron una eternidad en responder: había demasiados muertos y heridos de los que ocuparse.

Una apresurada voz de mujer.

—Dígame.

—Hablo de la Conami. Tienen a una de nuestras internas en urgencias. Una mujer joven, morena, con golpes fuertes. Tiene el cabello cortado al rape en los lados y largo en el centro.

—¿Llama de dónde?

—De la Conami.

—¿La Migración?

—Sí.

Una respiración lenta, ruidosa.

—No, señorita. No hay personas aquí con esa descripción. Nadie de la Conami vivo.

Mi estómago ardía, mi paladar repiqueteaba contra la garganta como si quisiera reventar. El miedo.

—¿Puede haber muerto?

—No hay muertos con esa descripción. Ninguna mujer de la Migración.

—Pero la debe haber llevado una ambulancia. No es de la Conami. Es una migrante.

—No hay nadie.

El resoplido se agotó en la línea.

Silencio.

Yein.

Vidal la tenía.

Salí a tumbos del despacho. El velador me miró alejarme sin suspicacia. Inclinó la cabeza a mi paso. Aún no asomaba el sol por la calle. Las rodillas se me arqueaban.

Rememoré cada detalle, cada palabra escuchada desde mi llegada a Santa Rita. El reinado del Morro, la ineptitud del Delegado, la postura contestataria y escéptica de Vidal, que ahora me iba pareciendo el despecho del patrón para con unos empleados imbéciles.

Tenía que ayudar a Yein. Y escapar. Calculé mis ahorros. No eran pocos, teníamos en el banco lo reservado para el estúpido viaje, pasaportes y visas en orden perfecto. Incluso maletas hechas. Debía rescatarnos de la máquina de picar carne que era la ciudad.

El país entero.

Sonó mi teléfono.

Un hielo, tragarse un hielo.

Vidal.

Pulsé el botón de respuesta; no hablé.

—¿Estás?

—Sí.

—Yo la tengo. Me dijo el velador que habló contigo. No debió. Pero ni modo. La tengo yo. Si quieres, ven.

—Voy a llamar a la policía.

—Sabes qué pasa con ellos ¿no? Y en el hospital. Ya sabes. Ven. En mi búngalo.

Cortó la comunicación.

Su búngalo. El otro lado del pasillo. La tina. La ventana. Nuestras ventanas que se enfrentaban. Lo vi mil veces. Mil me vio. Jugamos. Bebimos. Canté sus canciones. Estrellas, cisnes, la vida. Lo quise. Su casa, a menos de diez metros de la mía. De mi hija. Mi propio nombre, mi sangre.

Quizá debí correr; no pude. Vacilé hasta alcanzar los billares. En vez de refugiarme en ellos, entré al condominio. Crucé el patio. Me planté ante su puerta. En la ventana de mi búngalo, la portera montaba guardia. Volvió a cerrar la cortina cuando me reconoció. Quise creer que mi hija estaba bien. Quise creer y mira lo que pasó.

Toqué la puerta.

SIEMPRE TAN BIEMPENSANTE

NO SABEN CÓMO LA ODIO. PRIMERO, UNTUOSA Y DÓCIL, me atrajo a su cama. Después llamó un día, en mitad de clases, para confesarme un embarazo que no podía ser mi responsabilidad, yo me cuidaba. Resultó que sí, me lo comprobó con análisis. Luego decidió que no me necesitaba. Me cerró las puertas, me negó a la niña. Y luego me obligó a quedármela cuando ni siquiera sabía cuidar de ella. En vez de permitirme que la conociera como se conoce la gente, de forma gradual, me la impuso. No supe qué hacer. La quería pero no por encima de mí. Nunca pidió otra cosa que dinero. Nunca me permitió explicarme. Todo eran necesidades, ansia perpetua de mostrarse fuerte y suficiente. Y cuando quise romper con eso, patear el balón a portería y rebasarla con el viaje a Disneylandia, todo fueron reproches y obstáculos. Que era una idiotez, que no podía pagarlo. Vaya silencio el suyo cuando le dije tengo el dinero, dame las fechas y pago el viaje de las dos con todo y dólares para gastos, alimentos y hospedaje, aunque quieras dormir en el puto Four Seasons o como se llame. No era para tanto pero sí un buen dinero. Se ablandó o fingió hacerlo. Pero luego me asestó el golpe: esperó a que comprara y salió con que no podía. Que del trabajo la enviaban a Santa Rita, hazme el puto favor, al cagadero del país, para ocuparse de unos quemaditos. *La puta trabajadora social de súper mierda, importantísima que es, se cae el gobierno a cachos si no va en persona a resolverlo todo. Ve con la niña si quieres, dijo todavía, como si no necesitara permiso en la preparatoria o no supiera que un vuelo se compra a un nombre y no puede cambiarse. Puta de mierda. Estallé. Tuve mi peor momento. Me encerré a rabiar mientras los centroamericanos tocaban la puerta todo el día, se pegaban al timbre, pedían lo que fuera, garrapatas, marabunta, langostas. Cómo iba a saber que mi salvación vendría por ellos, que un día aparecería una flaca mugrosa a pedir limosna o trabajo y pronto estaría metida en casa soportando todo lo que quise hacerle soportar, comportándose a la altura, con una lealtad que solamente Rafa había mostrado conmigo, demostrándome que todo podía corregirse, que la vida más torcida podía aspirar a sublimarse. Eso vengo a decirle hoy, lo decidí en la última clase y he manejado durante media hora, animándome. Le diré que no tiene por qué irse, que se quede, le permitiré salir, hacer vida, la compra, limpiar la casa, decidí que seamos pareja. No de facto sino de palabra y compromiso. Que no importa que no sea guapa si me acompaña al cine, si recibe a mi hija con la misma resignación con que muerde las sábanas. Tenemos una casa propia y un automóvil, destartalado si se quiere, pero útil. Tenemos televisor, artículos de cocina. Puedo comprarle cosas, necesitará ropa, averiguaré la fecha de su cumpleaños y le regalaré una joya pequeña que la enorgullezca de la decisión de compartir mi vida. Todo menos mi reloj, mi tricolor, que será un día la herencia de mi niña. Estaciono el automóvil y repaso las frases con que iniciaré la charla. Le hablaré de mis errores, que acepto y han sido muchos, pero también del futuro que creo entrever para nosotros si es que lo quiere. Y lo querrá. Está abierta, la puerta de casa. Incluso diría* que caída, como si hubieran botado los goznes. No hay luz. La oscuridad domina. Enciendo el foco. Me salta a los ojos una pared vacía, sin cuadros, en la que está rayado, con letras enormes de plumón: "Pija aguada" y "Cerote". Ya no tengo microondas ni televisor y la caja de caramelos en la que guardaba algún dinero, que no recuerdo haber mencionado ni mostrado jamás, está despanzurrada en mitad de la escalera. El reloj de mi padre ha desaparecido, maldito sea yo por no llevarlo en la muñeca como era mi deber, y al descubrir el cajón vacío aúllo como un loco. Hay mierda en mi cama, tanta que parece que la hubieran guardado durante generaciones para vaciarla por sobre mis almohadas, mantas y sábanas, hay manchas de un líquido fétido que puede ser orina, no hay computadora ni radio, mis frascos de colonia están rotos en el baño. Rota la ropa, rasgada, tijereteada, libros arrojados al aire y bañados con cloro o suavizante, mis papeles metidos en una cubeta incinerada. La ceniza ya está fría. Lo único en orden es el patio trasero. El Rafa luce cepillado y limpio (esta mañana, antes de irme, ordené que lo bañara), incluso satisfecho. Y cómo no va a estarlo si en su plato hay restos de mi jamón serrano y los ostiones que me reservaba desde la posada navideña de la escuela. La hija de su mil veces puta, viciosa, mamadora, tragasemen, sodomita, obscena y centroamericana madre se fue y dejó más daños que un huracán. La perra ladina, traicionera, disimulada, doblecara. Se me termina el aire. Debería correr, subirme al tren de mierda y matar una por una a las cucarachas hasta dar con ella. Si pudiera mirarla un momento a los ojos antes de sacarle las tripas, bastaría. Pero no hay necesidad.

No.

No puedo caer.

No puedo caer otra vez.

Debo respirar.

Respirar.

Conceder la derrota.

Fue lista, ganó la partida y se salvó, la muy puta.

Ganó. Ganaron de nuevo, ellas.

Las mismas flacas purulentas de siempre.

Ganaron.

Pero sigo aquí.

Pero mi puerta sigue, aquí, a unos metros de la vía y el desfile de limosneros.

Alguna más vendrá, quizá no hoy mismo, pero lo hará y me las arreglaré para que pague.

Por todas.

El patio trasero es amplio, tanto como para que vivan dos perros o tres, le digo al Rafa.

Tú te mudas arriba.

Le acaricio el pelaje, me lame las manos como un anticipo de lo que va a suceder pronto, muy pronto, aquí.

Esto, putas, es mi casa.

Y el que manda soy yo.

Tan Negra

L A PUERTA, ABIERTA, RETROCEDIÓ AL SER TOCADA. Un rastro de gotas de sangre atravesaba el búngalo, que era un contrario simétrico del mío. Alicia en el espejo, esa estupidez pensé. Mismo mobiliario de madera, mismos adornos de mosaico azul. La fotografía de un niño rubio enmarcada junto al teléfono. Su hijo, debía ser. Yo no tenía voz. Avanzaba a velocidad de cera, de sebo que escurre.

Yein estaba tirada en el pequeño vacío entre las recámaras. Su rostro oscurecido, la boca hinchada como si mil abejas la hubieran aguijoneado. Me incliné al piso y la coloqué en mis rodillas. Quieta. Muerta. Le besé la cabeza, la apreté contra mí. Lloraba sin estremecerme. Yein se había jodido a los hijos de puta, a la carroña que la había vendido como bestia y asesinado a su marido. Hizo más de lo que muchos siquiera llegan a imaginar. No caminó atada de manos al matadero. No era sólo carne. Jodió a los buitres.

Pero no a todos.

Vidal salió de la recámara. La camisa empapada, la cara brillante como una bandera. El pecho se le contraía, una culebra, arriba y abajo, los pulmones convertidos en fuelle.

—Viniste.

Abrazada a Yein, le miré a Vidal las manos heridas, los nudillos pelados, carne viva asomada al aire.

—¿Lo tienes, a Luna?

Cerró los ojos. La sangre le escurría hacia el pecho, bajaba por sus hombros del cabello embebido, espeso.

—¿Yo? No. Ya no –dijo, con un resto de voz–. En alguna parte lo tiramos. ¿Te gustaba? Ya lo tiramos.

Lo recorrían vibraciones que lo hacían agitarse como si recibiera ondas eléctricas. Se quitó la camisa, como tantas veces antes, para sacar a la luz su pecho arañado, recorrido por líneas rojas como su cara de diablo. Enrojecía cada minuto, una esponja metida en la llaga.

Yein se defendió pero estaba malherida. Vidal la había rematado a golpes al precio de unos arañazos, confesó. La golpeó tanto que se desolló los nudillos y le asomaron los huesos. La nariz de Yein, sí, se había hundido profundamente entre sus pobres mejillas. Yo le besaba la frente, la cabeza, mis lágrimas le humedecían las heridas.

Vidal se desnudó. De su estómago, cerca del pubis, manaba una llaga. Su vello se mojó de inmediato cuando se retiró los calzones encharcados.

—Tenía un bisturí. Dijo que mató al pendejo del café.

De un cajón extrajo una botella de alcohol; la vació sobre la herida. Veloz, sin pestañear. Sus labios se contrajeron, los ojos se le pusieron en blanco. Temblaba. Resistió. Tuvo fuerza como para colocarse un parche de algodón, gasa y cinta. Se vendó, se dejó caer en la silla. Extenuado, rojo, como si una brocha enorme lo hubiera pintado con sangre.

Sonreía. Otra vez.

Moroso, un barco que llega a puerto con lentitud convaleciente, habló de su hijo. Señaló el retrato. Su historia era un rosario de éxitos: le gustaba leer, escuchar música. Esa, sí, la que conoces, la que mueve el cerebro y toca el alma. Fue un alumno brillante y no bailaba mal, se casó con una chica de apellido doble y herencia incalculable, le dieron un puesto estupendo en el gobierno. Le decía Papá al suegro, de tanto como los cuidaba y mimaba aquel hombre canoso y dulce como un sabio. Le nació un niño encantador, rubio, tan parecido a sí mismo que no podía dejar de retratarse con él. Su esposa era cálida, lo admiraba. Pero un día, Papá necesitó un favor. Y otro día, uno más. Y no dejó de requerirlos. Porque Vidal se esforzaba en resolverlos pronto, mejor que nadie y le pusieron el peor asunto en la manos un día a él y no a otro porque era confiable, trabajaba en la Conami y a Papá le debía dinero un Delegado, dinero suficiente como para tapar el sol con los billetes necesarios para pagarla.

Había que vigilar que las instrucciones fueran atendidas. La mercancía nunca bastaba para liquidar la deuda, debía entregarse una y otra vez. ¿Mercancía? Tú la llamas gente. Pero un día, Vidal perdió la paciencia con el juego infinito de retrasos y entregas, y se aseguró de interceptar una carga y hacer cumplir los deseos de Papá con tal rigor que la policía, el gobierno y el propio Papá se horrorizaron.

Hizo algo que bromeaban con hacer pero que antes de él nadie se atrevió a intentar. Y lo hizo tan bien que la deuda del Delegado quedó saldada y el mensaje recorrió el país entero e hizo que quien tuviera que escucharlo levantara la oreja. Pero Papá no fue feliz, quedó aterrado y tomó medidas.

Vidal no pudo volver a acercarse a su mujer ni al niño, tan rubio, tan igual a él. Las palomas no deben convivir con chacales, le dijo Papá, porque son capaces de las peores miserias y nunca han reconocido un amo, sino que matan para fines propios.

Era útil, sin embargo, Vidal. Tanto como para que lo destinaran al sur, tan lejos como pudieron de su propia casa pero en el centro mismo del negocio. Ya era una suerte de leyenda, allá. Pusieron a su servicio lo que requirió, escucharon su palabra con respeto y la ayudaron a cumplirse en cada ocasión. Mientras se mantuviera allí, cocodrilo al fondo del foso, sería admirado y, mejor, sería un rey.

Escupí a sus pies.

Ninguna historia justifica.

Todas son palabrería.

Vidal había protagonizado su propio cuento con ojos acuosos y lengua soñadora. Volvió en sí. Endureció la mirada al pasarla sobre el cuerpo caído en mi regazo. Se agazapó.

—Si te vas, te doy dos días. Pero si te encuentran en cualquier parte, se acaba. No van a quedarte dos huesos juntos. A tu niña se la comerán hormigas y ratas y perros pero antes la harán torcerse y vas a verlo.

Se había acuclillado. Desnudo, sangriento, vanidoso.

—Dos días. Porque yo soy la puta República aquí. Con eso tienes para esconderte en el último hoyo. Voy a quemar tu casa. Y si te asomas, te comen.

Lloraba, abrazada de Yein, como nunca antes o después. Rota, paralizada de odio. Me puse en pie, tras depositar a Yein en el suelo con toda la delicadeza que me fue posible. Ya no era más que carne, había vencido y ardido en el empeño. Caminé hasta enfrentarme con Vidal. Incluso herido y desquiciado me parecía hermoso. Lo abofeteé con toda la fuerza que pude reunir. Volví a escupirle. Él sonreía.

—Dos días. Y no se lo cuentes a nadie.

Me miraba con algo que podría describir como amor si no fuera a dejar de emplear la palabra después.

—Todos saben. ¿Crees que alguien no sabe?

Hilos de sangre bajaban de sus ojos. Estiró una mano hacia mí pero la retiró. No quiso mancharme.

Pude salir sin colapsar. Crucé la grava del patio, la mirada negra, un sonido de turbina en los oídos.

La portera me recibió con una reserva parecida al aborrecimiento. No dijo nada. Caminó a la puerta y permaneció allí, cruzada de brazos. Me miraba como se mira a las ratas. La niña apareció a su lado. La jalé del brazo. Me arrodillé frente a ella, le detuve la cabecita entre las manos para que me atendiera.

—Ya nos vamos.

Tomamos las mochilas. Abandoné el teléfono en la mesa. No iba a necesitarlo. Caminamos a la calle. La portera nos vio salir sin una palabra. La oí escupir.

La calle estaba despoblada. Era media mañana, sólo circulaban amas de casa de vuelta del mercado o niños evadidos de las aulas. La terminal de autobuses no estaba lejos, en realidad, aunque cualquiera en Santa Rita habría dicho que sí, que tomara un taxi. Eran veinte calles. El único taxista en la plaza hojeaba un periodicucho. "Los llenaron de plomo", bramaba el encabezado. El tipo levantó la mirada y nos observó pasar con una inoportuna expresión de placer.

Elegí el autobús menos vistoso para la ruta que había elegido. Quería derrumbarme y morir pero eso habría sido también la muerte de la niña. Compré agua, cigarros, sándwiches, galletas en cantidades exageradas. El autobús, luego de una eternidad de diez minutos, se puso en marcha.

Siguieron veinte horas de desfiladeros, arboledas, selva rodeada de otra selva en la que sólo la carretera se entrometía. Si la palabra demente de Vidal valía un centavo, nuestro tiempo aún no comenzaba a correr. Cada caseta de peaje, cada pueblo entrevisto o atravesado a veinte por hora me provocaban un horror ciego. No podía ni sabía hacer más que abrazar a la niña, encogerme en el asiento, mantener la cortinilla en su lugar.

No pude, no supe.

No.

Llegamos al puerto de Cancún en la alta noche. Se intuía el amanecer. Las piernas no obedecían luego de ir plegadas por horas. Caminamos por calles iluminadas, colmadas de automóviles y turistas. Burdeles, restaurantes, cantinas, hoteles de cinco estrellas o mala muerte. Nos detuvimos en un café repleto de orientales, cincuenta o más distribuidos por mesas y barra. Pedí una sopa y helado para la niña. En el baño, una colección de gabinetes iluminados por neones, nos cambiamos de ropa y nos lavamos las caras. La hice ponerse una falda de cuadros y blusa cerrada. Me eché encima el único vestido que me quedaba. Debíamos vernos respetables.

Me atreví a buscar un ejemplar del diario de Joel Luna al llegar al aeropuerto. En un rincón de la portada aparecía su retrato: barbado, sonriente. "¿Dónde está?", reclamaba el titular.

El mostrador de la aerolínea abrió a las seis. Éramos las primeras en la fila. Y las únicas. La dependiente sonrió a la niña con una calidez que me provocó náuseas. Mediante el pago de una multa exagerada, por el cambio de fecha y lugar de partida, nuestros boletos de avión a Disneylandia fueron reactivados. Debimos esperar dos horas por el vuelo. Ya vendrían luego quince más. Escalas, cambios de nave. Cruzamos los controles de seguridad. Revisaron pasaportes, visados, boletos. Volví a llenar una mochila con comida. No la tocaríamos. O sí. Compré una almohada de avión como amuleto para invocar el sueño. Pero no dormiría. Cómo podría volver a hacerlo.

Despegamos a la salida del sol. La niña se durmió en mis piernas. Mi cabeza aullaba pero, de pronto, pude recordar la música. Una canción. El océano, abajo, resplandecía.

Al llegar, el agente de la aduana nos preguntó si el viaje era de placer.

Lo consideré por dos segundos.

—No.

Ya te vas

YA DE AQUÍ TE VAS TÚ, LE DICEN AL GORDO. SENTADITO en una silla, amarrado de manos lo tienen. Ninguna camisa lo cubre pero, extraño pudor, le han tapado los ojos con cinta de electricista. Ya de aquí tú te vas. ¿Mande? Se lo repiten porque no entiende. Cuando le acercan el cuchillo a la garganta opone unas frases diminutas: qué vas a hacer, no hagas eso.

Cuál es tu nombre, fue lo primero que le preguntaron. Cinco tipos vestidos de negro, el rostro cubierto, rifles al hombro. Hugo Tapia Gutiérrez. Repítemelo. Hugo Tapia Gutiérrez. La señora Gutiérrez, en caso de vivir, no debería nunca ver la decapitación de su hijo. Nosotros tampoco. No debería verla nadie. ¿Para quién trabajas? Para el Jefe de los Rojos, El Sergio. Repítemelo. El Sergio. ¿Cuál es tu función? Traer centroamericanos en los trenes. Repítemelo. Centroamericanos, en los trenes. ¿Por qué atacaron a la Sur? Para aprovechar que se chingaron al Morro. Repíteme. Una guerra, eso queríamos, aprovechar que se chingaron al Morro. Quedarnos con Santa Rita. ¿Quién es el Morro, tú? ¿No sabes que ese güey tenía patrón? Y comienza, el gordo, a expeler por la boca un buche de excusas y hay que repetirle una y otra vez que el Morro ya se fue pero tenía patrón. El patrón no se ha ido, le dicen. Lo golpean. ¿Para qué rentabas casas? Las rentaba yo para chingarme a los centroamericanos que escapaban. O a los de la Sur. Para hacer homicidios, pues. En la repetición, a medida que el gordo se espanta, le cuesta trabajo hablar. Termina diciendo, tras alguna vacilación, una frase pomposa y ridícula: Las rentaba para el quehacer homicida. Muy bien. ¿Eso era lo que hacías? Era todo. Esperaba órdenes del Sergio pero parece que perdió el interés. O le dio culo.

Ya de aquí te vas tú, le dice el Patrón, un hombre corpulento con la cara tapada. Lo rodean. El gordo trata de cubrirse con las manos, pero las tiene amarradas, débiles por el miedo. Otro de los enmascarados le otorga un sonoro bofetón, que provoca el único grito. Por resignación o pánico, se calla. Y cuando comienzan a serrarle la garganta con el cuchillo ya sólo se producirá el ruido de una respiración lenta. Que se disipa.

El sonido de la sangre al borbotear es desmedido. Sobrevienen jadeos, gemidos, contoneos de la cabeza que neciamente se resiste a ser desprendida. Al final consiguen arrebatarla. Sobrevienen las consabidas bravatas de los asesinos contra los Rojos, para que se dejen de pendejadas y regresen a su territorio. Santa Rita fue y es de la Sur.

La imagen se detiene.

Vidal se saca la pañoleta de la cara, respira todo lo profundo que le permiten los pulmones. Aun le duele la herida en el abdomen, lo refleja con un pinchazo de dolor en el rostro. Se recoloca ropas de calle, sale de la casa y permite que sean otros quienes desparramen los galones de gasolina y prendan el fuego.

Mantiene el automóvil quieto hasta que ve saltar las llamas. Uno de los muchachos sale y, remilgoso, encaja la cabeza del muerto en una de las varillas de la reja. Que domine el panorama y cualquiera pueda verla. Le pega sobre la frente una hoja de papel que dice así: "La Sur".

Vidal asiente. La idea se la dio una novela en donde se narra con gran deleite, a detalle, las prácticas de las mafias. No hay mucho de eso circulando por Santa Rita, pero vale la pena explicarle a los pendejos de los Rojos que el hecho de que el Morro ya no se cuente entre los vivos no significa rendirles la casa. De hecho, con algo de suerte, los obligarán a retroceder tanto que tendrán que echarse al mar.

Vidal tiene la misión de encargarse de la limpieza mientras encuentra alguien nuevo que lleve las riendas. Por suerte, las fosas de Tamaulipas siguen escupiendo muertos y a nadie se le ocurre que los calcinados y tiroteados de Santa Rita sean nota de primera plana.

Conduce a la oficina por calles serenas. Se detiene en el café. Un nuevo gerente lo atiende, un muchacho obsequioso, con pinta de buena gente, al que detectó vendiéndoles agua al doble del precio a los migrantes que se reúnen en los tenderetes cercanos a las vías del ferrocarril. Se pide un expreso para llevar y paladea la nueva mezcla, que nada tiene que ver con su orgánica antecesora. Sabe a petróleo. La prefiere.

Casi tropieza al salir con una abertura enorme como res en mitad de la banqueta. El ayuntamiento ha decidido recomenzar la sustitución de los registros del cableado subterráneo: cada calle del centro de Santa Rita ha vuelto a ser eviscerada. Vidal rodea el boquete y entra a la oficina.

La secretaria le sonríe con abyección e inclina la cabeza, igual que todos aquellos con los que cruza de camino a su privado. Otra secretaria sale al paso. Tras la reverencia, se acerca para susurrarle.

—Llegó el Delegado, el nuevo de México. Quiere verlo en su oficina.

Vidal da un sorbo al café.

—Lo espero en la mía.

Se marcha, deja tras de sí un murmullo admirado. Los periódicos del día hablan de disparos nocturnos, animales robados en corrales y la sospecha de que los centroamericanos los hurtan para cocinarlos en los altos de los trenes.

La sección deportiva parece más promisoria: una mujer en traje de baño asegura que el sexo es el mejor acondicionamiento físico para un maratón. Pasa la página. La selección nacional espera un mal ambiente en su próximo partido en Tegucigalpa. Vidal sonríe y se sumerge en la nota. Se teme que cientos de aficionados canten toda la noche afuera del hotel que hospeda al representativo nacional, con la finalidad de que sus integrantes no duerman como es debido. Un seguidor del equipo de Honduras le dice al corresponsal: "A mi primo lo mataron en México. Esta noche vamos a darles por el culo a esos *hifueputas*, que aprendan".

Y eso que no sabes ni la mitad, *hifueputa*, le dice. Y se dice.

El Delegado es un joven norteño con modales de recién graduado. Vino de traje a su primer día de trabajo, rasurado a la perfección. No entiende por qué el tipo de Difusión manda decir que lo visite, presupone que debería ser al revés. Tarde comprende que es Vidal, del que tanto se habla. El Comisionado mismo sabe su nombre. La Licenciada

Möller, Directora Nacional de Difusión, lo reputa como el gran maestro de la comunicación social en el sur.

Le extiende la mano; lo sorprende la fuerza de su garra. Ocupa la silla frente a él como si fuera, de hecho, su inferior. El comunicador sacude la cabeza y se levanta para dejarse caer en la silla a su lado.

—No puedes sentarte allí. Tienes que estar de pie o nos sentamos en estas sillas. Como amigos.

El nuevo hace un gesto de incomprensión pero sacude la cabeza y asiente.

—Te hice venir porque tienes que enterarte y lo mejor es que la oficina vea que vienes a preguntar por ti mismo. Pero no pueden pensar que te mando. No puedes dejar que vayan a tu lado en la fila. Nadie. Ni siquiera yo.

—No entiendo.

—Cuando hagamos la visita al nuevo albergue. Tú irás al frente, solo, nadie puede caminar a tu lado. Caminamos en fila india. El único que se acerca para preguntar o explicarte soy yo. Los demás caminan detrás, por niveles.

El muchacho traga saliva. Pero se trata de un Delegado federal. Se recompone y dice que sí pero ahora con firmeza.

—Correcto.

—Lee tus líneas de apoyo. Son sencillas. Lamentamos los últimos acontecimientos de violencia, nos comprometemos a indagar y, sobre todo, a salvaguardar los derechos.

El Delegado obedece; lee en silencio pero mueve los labios. Vidal no puede reprimir un gesto de impaciencia.

—Eso debes repetir cada vez que hables. Tenemos un problema. Hay mafias que los cruzan. Eso no se va a resolver. Nuestro trabajo es lamentarlo.

Todo está claro y Vidal pide a gritos que le traigan un café al Delegado. Cinco o siete personas entran en ebullición, corren en diferentes direcciones. Alguien sirve una taza de la cafetera del pasillo. Una chica, que conoce mejor el gusto del jefe, se da a la tarea de salir a la calle.

—¿Y quién da los problemas? –pregunta el novato–. Han tenido unas semanas movidas, ¿no? Eso dicen en México. ¿El cura y su campaña?

En poco menos de un minuto, tres servicios de café le son entregados. El chico los acomoda como puede entre su pecho y el escritorio. Dos secretarias le sonríen con algo que puede ser llamado coquetería y la auxiliar administrativa le deja la mano en el hombro durante un segundo, casi inadvertidamente, al pasar.

—¿El curita? Aquí los curitas nos hacen una puñeta. Al último lo regresó a su casa el señor obispo hace años. Daba gritos pero el obispo no lo quería. No los quieren. Ellos, en el fondo, tienen un trabajo como el nuestro. De nada les sirven los que dan de gritos porque llaman la atención. Y este trabajo no puede hacerse a la vista. No, son otros los problemas.

El Delegado consigue colocar las tazas y el vaso de café que le han entregado en cierto equilibrio. Bebe y emite un sonido de satisfacción. Un buen café. Su primera mañana en el cargo ha resultado mejor de lo que le predijeron: allá tienden a mitificar lo que sucede en el resto del país, se dice. Él, por ejemplo, es del norte y la cosa le parece peor en su ciudad.

—¿Y cuáles son los problemas?

Vidal mira a la calle. El día afuera es soleado, perfecto.

—Que acá es el puro infierno, Licenciado. Si uno cae, no sale. Y hay que trabajar.

La risa del Delegado escapa por las ventanas.

Última Negra

Salimos del despacho de la abogada que nos llevaba el juicio de asilo cerca del mediodía. La niña no desayunó: nos detuvimos en un comedero. Nuestro primer mes había sido terso, pero el dinero no iba a durar para siempre. Necesitaba que el juicio ayudara a obtener papeles de residencia o un permiso de trabajo. La abogada era optimista, sólo advirtió que tendría que responder interrogatorios. No me preocupaba. Bastaba con no hablarles de Vidal para que mi neurosis se redujera. No necesitaba culpar a nadie más que al Delegado. O al resto del país.

Los días de búsqueda en las computadoras de la biblioteca me familiarizaron con Vermont, que me parecía un destino ideal para radicarnos y encontrar empleo: el lugar con menos mexicanos en todo Estados Unidos. No eran ni siquiera diez mil en la capital, según el censo. Con todo e hijos, no llegaban a cincuenta mil en el estado. Muchos menos de los que pululaban en Santa Rita o los millones y millones que lo hacían en el mundo. Nos acusaban de ser una plaga, pero olvidaban que nuestra víctima principal éramos nosotros. Éramos una epidemia, sí, pero autocontrolable.

La niña comió su hamburguesa con apetito. Se había cansado de pedirme que la comunicara con su padre. No volvería a suceder, al menos hasta que llegara a edad adulta. Por lo pronto y para que no se obsesionara, le había dicho que estaba muerto. Si lo repetía suficientes veces a sus compañeras de escuela, en el futuro, era posible que llegara a creérselo. Ya habría tiempo para que me perdonara. Aunque en realidad debería agradecerme.

Salimos a pasear, le entregamos la tarde a un parque. Me iba pareciendo que tendríamos suficiente dinero como para resistir tres meses más antes de que debiera trabajar. La abogada era optimista, me repetí: creía que la audiencia tardaría, cuando más, otro mes y que saldría de ella con un permiso temporal. O podríamos meter un juicio para que me aceptaran como testigo y me protegieran. Había decidido que, si eso llegaba a pasar, me cambiaría el nombre. Nunca más Irma. Prefería cualquier otra cosa. Ser, por ejemplo, Claudia. Salvar a la niña de la carga. Los jueces, me dijo la abogada, estaban dispuestos a creer cualquier cosa que les contara alguien que proviniera de las diversas masacres simultáneas que llamábamos México.

No habíamos visitado Disneylandia, eso no. Nunca tuve el humor necesario para ir. Quizá el padre de la niña averiguara un día que usamos los vuelos, pero si recordaba bien su talante, recibiría la noticia de nuestras muertes con cara torcida, se emborracharía a la salud de su hija, se cansaría de escupir sobre la memoria de la puta repulsiva que la llevó al sur y acabaría por quedarse como al principio: el dinero de los vuelos, perdido; nosotras, inexistentes.

Mis planes incluían cursos acelerados de inglés y una vida dedicada al estudio, el trabajo y la observación de televisión infantil. No deseaba ver noticias ni topármelas siquiera al pasar casualmente por un canal que las transmitiera.

Eso me convertía en una suerte de molusco en letargo, tal como recordaba a mis viejos padres. Siempre los odié porque no hablaban más que del clima o los vecinos. Pero quizá el autismo imbécil era la mejor opción para sobrellevar algunas vidas.

La niña miraba el interior de un local al que nos condujeron nuestros imprevistos pasos. Una peluquería para damas. Su corte por cinco dólares, decía el anuncio. Dentro de ella, encaramada en la silla alta junto al ventanal, le recortaban el pelo a una chica morena, flaca, migrante segura. Mexicana, centroamericana, lo mismo daba. Pelos largos en el centro de la cabeza, los costados rapados. Se parecía tanto a Yein. La niña señaló con el dedo y ella la saludó con la mano. Quería hablar, mi niña, pero le tapé la boca con la mano.

La tomé del brazo y nos alejamos. Hubiera podido vomitar en mitad de la banqueta, de improviso, como cuando estuve embarazada. Conseguí regresar al parque. Deposité a la niña en una banca, me derrumbé a su lado.

Cerré los ojos. Recordé una canción, una de esas que no volvería a escuchar en la vida. La lengua de Vidal, su rostro enrojecido por la sangre. Yein, exánime en el suelo. Yo la puse en sus manos. Y la hice, por tanto, morir. Todo aquello en lo que me había rehusado a pensar durante un mes regresaba como inundación. Debía ser un espectáculo lamentable, tendida en el banco del parque, llorosa. La niña aterrada, a mi lado.

La tarde comenzaba a decaer.

Entendí, luego de un tiempo echada, que ya no dejaría de ser una extranjera. Ahora vivíamos la vida que Yein quiso para sí.

Su exilio irreversible era el mío.

La niña volvió a levantar el dedo para señalar. Qué mala costumbre, carajo. La chica, flaca, orgullosa ante nuestras miradas, desfiló, faroleando su corte nuevo. Se me nubló la vista. La niña la observó alejarse. Luego, cuando la perdió de vista, se me acercó al oído:

—Llevaba el reloj de banderita de mi papá.

Me encogí de hombros. La senté en mis rodillas.

Miramos anochecer.

Esta obra se imprimió y encuadernó
en el mes de septiembre de 2013,
en los talleres de Jaf Gràfiques,
que se localizan en la
calle Flassaders, 13-15, nave 9,
Polígono Industrial Santiga,
08130, Santa Perpetua de la Mogoda (España)